优秀蒙古文文学作品翻译出版工程 ★ 第五辑

牧马雄鹰

散文卷

优秀蒙古文文学作品翻译出版工程组委会 / 选编

作家出版社

致读者

“草原文学重点作品创作工程”和“优秀蒙古文文学作品翻译出版工程”的成果陆续和读者见面了。这是值得加以庆贺的事情。因为，这一工程不仅是对文学创作的内蒙古担当，更是对文学内容建设的草原奉献！

在那远古蛮荒的曾经年代里，不知如何称呼的一群群人在中国北方的大地山林间穿梭奔跑，维持着生命的存延。慢慢地，他们繁衍起来并开始有各自专属的族称，然后被人类发展的普遍规律所驱使着，一个接一个地走出山林过起了迁徙游牧的生活。于是，茫茫的草原就变成了这些民族人群书写盛衰成败的出发地。挥舞着战刀和马鞭，匈奴人第一个出发了，紧接着是鲜卑人，然后是突厥人，再后是契丹人、女真人，之后是蒙古人，他们一个接一个地踏着前人的足迹浩浩荡荡地出发了。如今，回首望去，他们奔腾而去的背影犹如一队队雁阵，穿过历史的天空渐渐远去……

雁阵飞去，为的是回到温暖舒适的过冬地。而北方民族依次相续地奔腾前去，为的却是要与人类历史的发展潮流融汇对接。这是一个壮观的迁徙，时间从已知的公元前直到当今年代。虽然形式不同，内容也有所变化，但这种迁徙依然不停地进行着。岁月的尘埃一层又一层，迁徙的脚印一串又一串。于是，经历过沧桑的草原充满了关于他们的记忆。在草原的这个记忆中，有他们从蛮荒走向开化的跋涉经历；有他们从部落成长为民族的自豪情怀；有他们建立政权、制定制度、践行管理的丰富经历；有他们敬畏自然、顺应规律，按照草原大地显示给他们的生存方式游牧而生的悠悠牧歌；有他们按着游牧生活的存在形态创制而出的大步行走、高声歌唱、饮酒狂欢，豁达乐观而不失细腻典雅的风俗习惯；有他们担当使命，不畏牺牲，奋力完成中国版图的大统一和各民族人群生存需求间的无障碍对接的铿锵足迹；更有他们随着历史的发展、朝代的更迭和生存内容的一次次转型与中原民族相识、相知，共同推进民族融合、一体认知、携手同步的历史体验；还有他们带着千古草原的生存经验，与古老祖国的各族兄弟同甘苦、共命运，共同创造中华文化灿烂篇章的不朽奉献……

承载着这些厚重而鲜活的记忆，草原唱着歌，跳着舞，夏天开着花，冬天飘着雪，一年又一年地走进了人类历史的二十一世纪。随着人类文明发展进步的节奏，草原和草原上的一切激情澎湃地日新月异的时候，我们在它从容的脚步下发现了如土厚重的这些记忆。于是，我们如开采珍贵的矿藏，轻轻掀去它上面的碎石杂草，拿起心灵的放大镜、显微镜以及各种分析仪，研究它积累千年的内容和意义。经过细心的研究，我们终于发现它就是草原文化，就是源远流长的中华文化的源头之一。它向世界昭示的核心理念是：崇尚自然，践行开放，恪守信义，还有它留给往时岁月的悲壮忧伤的英雄主义遗风！这样，当世人以文化为各自形象，与世界握手相见时，内蒙古人也有了自己特有的形象符号——草原文化！

精神生活的基本需求是内容，而文学就是为这一需求提供产品的心灵劳作。因有赤橙黄绿青蓝紫，世界才会光彩夺目。文学也应该是这样。所以，我们大力倡导内蒙古的作家们创作出“具有草原文化内涵、草原文化特点、草原文化气派”的优秀作品，以飨天下读者，并将其作为自治区重大的文学工程加以推动。如今，这一工程开始结果了，并将陆续结出新的果实落向读者大众之手。

在此，真诚地祝福这项工程的作品带着草的芬芳、奶的香甜、风的清爽和鸟的吟唱，向大地八方越走越远！

内蒙古自治区党委常委、宣传部长 **乌　兰**

目 录

贵在开拓开放

赛春嘎 著

海风 译

赛春嘎

又名纳·赛音朝克图，1914—1973，蒙古族，锡林郭勒盟正蓝旗人。十六岁开始民歌创作。曾任察哈尔盟副盟长、内蒙古自治区文学艺术界联合会副主席、内蒙古作家协会主席等职。主要作品有诗集《心之伴侣》《幸福和友谊》《狂欢之歌》《金桥》《正蓝旗组诗》《笛声喷泉》《红色的瀑布》等。此外还有中篇小说、散文集和政论文集等。

海风

蒙古族，中国作家协会会员，内蒙古文学翻译家协会副主席。1980年出生于通辽市奈曼旗。2002年毕业于内蒙古大学，现任《花的原野》杂志社副主编。出版有翻译作品《作为行为艺术的爱情生活》、蒙译汉诗集《黑骏马》、蒙译汉散文集《彩虹岁月》、蒙古文诗集《郊外的秋天》、汉文诗集《时尚中国　我为模特写诗》和《牛蒡草》。译著《四胡之神》获第十届内蒙古自治区文学创作“索龙嘎”奖。

一个人若欲脱离愚钝封闭，必先拓宽己之智慧。一户人家若欲解脱困境，必先思量兴旺发达。一个民族若欲脱离封闭衰落，必先思索开拓开放。

如此道来，一人如何使己之智慧拓宽？毋要懒散堕落，枉度岁月；毋要无所作为，封闭腐蚀己之智慧；自少年伊始，为开化己之智慧而寻求学识道德，踏上正道方可。阐释开来，即为接受教育。吾等人类区别于诸多动物之原因在于，若开发开启智慧、钻研学识，则其才智愈加舒展；作为人类，吾等不仅应开启智慧，拓宽才智，更应审视以往之事，制定未来志向，不懈努力，奋发图强，方能圆满享受宝贵人生之福泽与功德。

如此道来，一家如何兴旺发达？如若此家人未曾出门，将自己封闭于家里，只寄希望于外来援助者，尔等虽在一天之内，亦不能轻易获得己之衣食等一切所需也。因而，唯有不曾封闭于家里之人，能奔走于各处，各自工作劳动。如若能摒弃坐享其成之弊病，起身外出，从事工作与劳动，则会如愿以偿，家业兴旺。如此观之，一家之兴旺在于外出工作劳动焉。

如此道来，一个民族如何开放振兴？该民族之诸青年若如妇人般封闭于家，则难以用男人之光明宽广之目光审视世界矣。须开阔眼界，敞开心胸，走出国门，观察研究世界诸国与民族状况；同时，探索发现己之民族封闭落后之原因。为民族之开拓开放，若吾等同声同德，志同道合，通力协作，努力奋斗，则民族定能开化振兴也。故而，可轻易得知，一个民族之振兴，在于大众之开化振奋耳。

欲将此意阐述表达，可由三件实事作证明焉。其一，审视吾蒙古于古时强盛崛起，以蓬勃朝气震惊世界之原因，即彼时蒙古之民众未曾封闭于家，实为发挥男人之气魄，于广阔无垠之大地上，肆意驰骋，若遇到阻碍，随即以神勇之力将其解除，再勇猛前进，将广阔世界当作村舍般随意游荡，被世界诸多史家所称赞，实乃吾蒙古勇士将世界当作己家之宽广胸襟与深谋远虑也。因而，古时吾蒙古强盛兴旺之原因，在于彼时民众思略开放之故也。此为国家与民族之振兴在于民众开放之一项也。其二，今日于吾等眼前属迅猛发展之强国日本，于六七十年之前，德川幕府执政时期实行封锁政策，不与外国交往，力求独自治国，最后未获成功。明治天皇登台之后，实行开放国家之新政，以大开民众之眼、开放民众之心、自世界寻求学识之誓言作为其宗旨，归开放国民之功，方取得今日神奇成果。将其审视之，收益于未被几个小岛封闭所困，观察世界诸国动态，得以启悟，致力于开放民众之狭隘思绪。此乃国家与民族之振兴在于民众之开放之二项也。其三，探究世界文化启蒙昌盛之原因，古时东大洲不知西大洲之存在，西大洲亦不知东大洲之存在。不仅如此，此国不知彼国之存在，彼国亦不知此国之存在，难以相互交往，彼时吾等人类之文化启蒙未曾发展昌盛矣。吾等先祖成吉思汗使东西两大洲互相开放，从此不仅是诸国，诸大洲亦互相交往，广袤世界已开始不拘一格，开展交流，吾等人类之文化启蒙兴旺发展，如今得以昌盛。

如此观之，可轻易得知，人类文化之繁荣发展在于世界各民族和国家之间之互相交流。因而，开拓开放民众之思绪实属可贵哉。

摘自《蒙古兴盛之歌》，1944 年 4 月

银色世界的主人

巴·布林贝赫 著
满全 译

巴·布林贝赫

1928－2009，蒙古族，著名诗人、学者。赤峰市巴林右旗人。历任内蒙古大学蒙古语言文学系主任、全国政协委员会委员、全国青年联合会副主席、中国作家协会理事、内蒙古文联名誉副主席等职。诗歌代表作有《圆圆的山峰》《生命礼花》《银色世界的主人》等，研究专著《蒙古诗歌美学论纲》《蒙古英雄史诗的诗学》。

满全

笔名道日那腾格里。内蒙古师范大学蒙古学学院副院长，文学博士，教授，评论家。多次获全国“朵日纳”文学奖、内蒙古自治区文学创作“索龙嘎”奖、内蒙古自治区精神文明建设“五个一工程”奖。

雪、印、雪

冬雪如同银装覆满大地，旷荡辽阔的原野是白色的，若隐若现的森林是白色的，影影绰绰的山峦是白色的。无风、无声，奇异地静谧，无垢、无尘，出奇地洁白。

雪停下了吗？仰望上空：

云、月、云。

从毡房天窗飞溅出来的火苗像烟花一样在宁静的天空绽放。骏马在马桩上按捺不住，欢跳嘶鸣。猎犬在圈栏下躁动不定，四处奔跑。猎人在毡房里通宵畅饮，等待着启明星的出现。公社的猎人们频频唱起嘹亮悠扬的长调时，树梢上的雪花轻轻地洒落一地。

黎明破晓了吗？眺望远方：

川、山、川。

清晨时分，早已散尽马嚼子声音、犬链子声音，唯有从毡房天窗袅袅上升的炊烟在空中画出吉祥结，祝福猎人们满载而归。

猎人们去了何方？凝望平川：

雪、印、雪。

银色世界的主人

火红的太阳，纯白的世界。

峻峰如同浇铸的银塔，在阳光中闪烁着耀眼的光芒。雄勇的老鹰在峻峰上空盘旋翱翔。

雄勇的老鹰啊！你是银色世界的主人吗？

火红的太阳，纯白的世界。

圆湖如同洁净的玉镜，在热光中散发着袅袅的白雾。机灵的黄羊在湖泊周边惊闪奔跑。

机灵的黄羊啊！你是银色世界的主人吗？

火红的太阳，纯白的世界。

小径如同连绵的帛丝，在牧场中纵横交错、蜿蜒盘旋。调皮的小兔在小径附近蹦跳玩耍。

调皮的小兔啊！你是银色世界的主人吗？

火红的脸庞，纯白的胡子。

老猎人带领着年轻的猎人们，满载猎物，在返回生产队的路上飞奔。马蹄掀起的银色雪浪翻滚升腾，宛如大地在摇晃颤动。这时，雄勇的老鹰藏在山岩中，机灵的黄羊躲在树林中，调皮的小兔逃在草丛中。

啊！银色世界的真正主人走来了。

松树和花朵

火红的太阳下，一双鸟儿比翼飞翔。

灰蒙的岩石上，一对盘羊排列奔跑。

银色的原野上，一对年轻的恋人并肩走来。女人提着一桶清水，男人牵着一匹猎马。

晶莹闪烁的水珠从水桶中溅出来。但是怎能知晓多少爱的火花在少女的心中燃烧飞溅。

断断续续的脚印在雪地上留下来。但是怎能知道多少爱的画卷在少男的眼中定格留存。

白色的世界，红色的围巾——宛如雪野中绽放的一朵花！

白色的世界，蓝色的袍子——宛如雪野中耸立的一棵松！

因为天安门的光芒照耀在花瓣上，我们的花儿在冬季里依然鲜红艳丽。

因为中南海的暖流滋润着树根下，我们的松儿在寒冷中依旧青翠刚劲。

一双鸟儿飞向了何方？

一对盘羊躲藏在何处？

我们的松和花，冬夏春秋在原野上扎根结果，生生不息。

原载《花的原野》1962年第3期

马驹湖

阿·敖德斯尔 著

陈乃雄 译

阿·敖德斯尔

1924－2012，蒙古族，内蒙古巴林右旗人。1948年开始蒙汉双语文学艺术创作活动，出版有长篇小说、中篇小说、散文、文艺理论以及话剧、歌剧、电影文学剧本等多种体裁的文学作品共三十部，蒙、汉文共计八百余万字。

陈乃雄

1933年生于上海。历任内蒙古文学翻译家协会名誉主席、中国语言学会理事、中国蒙古语文学会副会长等。1955年开始发表作品，出版译著有《红旗勋章》《曙光》《深厚的情感》《达米伦一家》等。2002年3月29日在呼和浩特逝世，享年六十九岁。

初夏一个晴朗的日子，我骑着骆驼，涉过沙漠的海洋，朝着马驹湖的方向走去。白茫茫的沙丘一个连着一个，像是无边深海中汹涌的巨浪，在烈日下射出耀眼的金光。暴戾的太阳在头上烤炙，熏蒸的热气从脚下升腾，给人窒息的感觉；然而每当跨越沙梁，一阵阵凉风便迎面拂来，这对旅行者来说真是一种享受。

自古就以“沙漠之舟”著称的鄂尔多斯骆驼，把一个个沙岗甩在自己身后，不断地向前行进。忽然，在青雾弥漫的远处，浮现出一座帐篷似的高山。乍一看，我还以为是远云构成的幻景，从旅伴们的谈话中才知道，这就是鄂托克旗的心脏——额尔格图山了。在沙漠的海洋中经历了整整三个昼夜的旅程，一旦看到山影，说不出的亲切，希望立即到达它的跟前！

越接近额尔格图山，越显出树木的苍葱、牧草的油绿、野葱野韭的芬芳馨香。当我们翻过一个沙丘的顶梁时，蔚蓝的擎天浪峰之巅呈现出一个美丽的湖。远看那湖水恰似水银荡漾，疑是十五的月亮落到人间，晶莹浑圆。原来这就是鄂尔多斯高原的绝境——有名的马驹湖——乌纳干·布尔德。

沙漠路把我们引进一个不见天日的密林，湿润的凉风沁人肺腑，俨然已到了秋天。这里真是个百鸟欢娱的乐园，布谷鸟在远处啼啭，燕子在身前身后翻飞，麻雀在左右两边叽叽喳喳地歌唱。这里全是枝叶繁茂、稠密翠郁的柳树和杨树。路旁的野梨、野杏、稠李子、构李子，犹如好客的鄂尔多斯牧民端出的一盘盘奶食，触手皆是。林边看得见群群牲畜，听得见牧羊姑娘情歌的回音。

走出像绿宝石围墙一样环绕着马驹湖的树林，眼前是一片鲜花盛开的肥美牧场。在绒毯似的柔草地上，无瑕瓷碗般的芍药、红艳艳的山丹、金黄色的黄花菜、影青色的飞燕草……琳琅满目，随风摇摆。花丛间蜜蜂穿梭，花丛上粉蝶飞舞。雪白的绵羊、漆黑的山羊成群结队在草地上吃草。望不到边的群马膘肥体壮，毛色光润，简直像身上抹过油一样，闪闪发光。儿马①披着迎风飘荡的长鬃，在马群中来回驰骋。

春末夏初，是马儿“婚配”的季节，牝马忙着把自己的成年“闺女”赶出马群，嫁往“婆家”。别的马群里的儿马忙着迎娶“新娘”。嫁出的牝马也像初走婆家的姑娘一样，舍不得离开父母兄弟，频频回首，企图跑回自己的马群。

我不慌不忙地穿过马群，不禁想起一首古老的鄂尔多斯民歌：

马驹湖水哟，
吸引着我的马群；
美丽的扎姐哟，
吸引着我的心……

马驹湖畔历来盛产马匹，且以出产快马著称。民间流传着一个古老的传说：每当春秋月光皎洁的深夜，湖浪拍天，就会有一匹金马驹从湖里跳上岸来，在柔嫩的草地上驰骋、嬉戏。

据说，古代有一位英雄，在一次战争中被敌人战败，他那

---

① 儿马：领头公马。

金黄色的战马在矛林镞雨中连中七箭，身负重伤，把主人救出重围，刚来到这个湖边，便因伤重而死。英雄在湖畔掩埋了战马的尸体，用檀香木做了一把马头琴，用战马的颈鬃和尾鬃当弦，编了一曲优美的颂歌，赞颂自己的爱马。英雄的战马被主人的怀念之情感动，化作一匹金马驹，从湖里显现，朝主人引吭高嘶。金马驹的嘶声响彻千里之外，鄂尔多斯所有的马匹纷纷循声朝这湖驰来，人们便把这湖命名为马驹湖。从此以后，这里的马匹大量繁殖，快马也不断涌现。至于那个失去了战马、哀婉地唱过挽歌的英雄的后裔，现在成了鄂尔多斯的主人，他们在剽悍的马背上挺胸昂首，高唱着新生活的赞歌。

越接近马驹湖，湖水的颜色越是变幻万千，白而青，青而蓝，蓝而深蓝。

夕阳西斜时，一群群绵羊和山羊走向自己的圈棚。另有几群绵羊，顺着湖岸走了一阵，竟钻进湖心，翩翩地游起水来，我这才发觉那不是绵羊而是天鹅。鄂尔多斯的牧民把天鹅视作给人间邀来熙春的幸福鸟，爱护备至，不猎不杀；天鹅见了人和牲畜，也毫无惧意。

湖水像新娘的镜子一样澄澈明净，湖底的鱼藻清晰可见。天鹅的啼鸣伴随着远去的牧民姑娘的歌声，格外增添安谧恬静的气氛。

当金色的太阳沉下远山的顶峰时，我们翻过了额尔格图山的脊梁。玉一般白的云变得血一般红，给湖岸镀上了一层黄金。绕着湖的碧绿草原，环抱着草原的蔚蓝树林，树林外沙漠的海洋，无不鲜艳绚烂、光彩夺目，恰似一只黄金的大圆盘覆盖在无边的呢绒上，放射出五色的霞光。

我欣赏着这幅天然的绮丽画卷，不但困倦尽消，心旷神怡，同时也油然生起对于伟大祖国的北方无限的热爱。

1961 年 5 月于鄂尔多斯草原

思　绪

葛尔乐朝克图 著
胡日查 译

葛尔乐朝克图

1925–1999，蒙古族，当代蒙古族文学奠基人之一，中国作家协会会员。1946 年开始从事文学创作和文学翻译，主要作品有中篇小说《路》、电影剧本《友谊的光芒》、小说散文集《大路》等。译著主要有《绿色的箭》（俄译蒙），《铁锁链》（汉译蒙），《上甘岭》（汉译蒙）等。多次荣获全国、自治区文学创作奖项。部分作品被翻译介绍至国外。

胡日查

蒙古族，1970 年生于扎赉特旗。内蒙古文学翻译家协会理事，内蒙古摄影家协会会员，呼伦贝尔市翻译家协会副秘书长。自 1986 年开始用蒙文创作诗歌、小说。在《呼伦贝尔》《花的原野》等刊物发表作品，计三百余万字。著有小说集《心灵的翅膀》。三次荣获呼伦贝尔市文学艺术骏马奖，2014 年荣获“呼伦贝尔十佳翻译家”称号。

1

书是朋友。

朋友也是书。

不管是书还是朋友，都需要频繁地去重读。

2

在我的眼里他不是人，而是像神一样。

可是，想把他像神一样供奉又缺少一分信仰。

人不是人，神不是神，说来也奇怪。

3

您现在写什么呢？

还能写什么呀，涂鸦一些所谓“这还算是文学呀？”的东西呗。

您讲，除了这个还能干啥？文学是什么，我其实也不明白。

4

基本上不吸自己的烟。

基本上不喝自己的酒。

基本上不吃自己的饭。

基本上不睡自己的老婆。

5

是个当官的吗？也不怪他说些什么呀，可是他胡乱放屁就不知该怎么办啦！

真是容易！

6

一个人、一个民族的生存，从来都没有一条唯一的道路。

历史会证明一切。

7

今年我七十岁。

七十年前没有我。

七十年里我成长了七十倍。

还有比七十年里成长七十倍更大的奇迹吗？

啊？滋滋滋！

8

用谁都不理解的洋名词愚弄大家建立华丽而空洞的象牙塔。

这也是了不起的本事啊！

9

在家里待着待着就不能与孩子们语言相通了。看着两眼冒金星，不看心里阵阵疼。

10

不能矫健地走路是因为你老了的缘故吧？

不是啊，是因为“戴着镣铐跳舞”受了伤的原因啊！

11

没钱人不能生活。但是，只为了钱而生活，人会变成什么东西呀？

哦，生活啊！

12

我是作家，不是供人观赏的麻雀呀！

抓紧抓松对我来说都一样没什么干系！

我照样飞翔鸣唱。

13

母语日渐成型完善的时候，文学会越来越完美无瑕吗？

天知道！

14

生活着的是多数，能够理解生活的是少数。

“题材”不会缺，能不能“发现题材”是关键。

15

蒙古文学。

蒙古语文学。

蒙古族文学。

蒙古作家的文学。

蒙古族作家的文学。

还有什么什么来着？哎呀，什么时候能把这么多的疑惑捋清楚给个安宁呀？

我的上师三世佛啊！

16

不愿意改掉溜须拍马的习惯，还希望改变奴隶的地位。

那怎么成啊？！

17

听说，医生说我很快会痊愈。

痊愈，还说很快。

哎，医生这是不是话里有话呀？

哦，我的阎王爷啊！

18

一个名叫珠子的很有才的人写了五首很好听的歌挣了五百元。

毛阿敏这个著名歌手演唱了其中的三首歌曲挣了五万元。

哦，见鬼！所谓艺术的价值难道就这样气死人吗？

19

创立事业最重要的是什么？

嘴，一张吹牛的嘴！

20

在那么多人的会议上这家伙把自己的破名字毫不客气地用蒙古文写上啦。

有那么多人，你也不知道害羞客气吗？

也是一个豁出一头的魔鬼呀！

21

官位越高胆子就越小，是真的吗？

哦，谁知道啦，也许只有医生知道吧。

22

古代的君主们为了捍卫社稷总是用庶民的血泪铸成软硬两种堡垒。

硬的是城墙，软的是女人。

但是，今天那些都成了捍卫民族和解的光辉坐标而名扬四海。

哎，历史啊历史！我把你按古代的真面目叙述呢，还是以今天的需要歌颂赞扬呢？

23

真正的作家本身就应该是一部内容丰富的书。

24

不但一点都不研读祖先传承下来的东西，还把它们全盘否定，要创新什么所谓的属于“自我”的东西。

哦，这是要把我们满门抄斩吗？

25

变成了物质的富翁，却成为了精神的乞丐。

唱呢，还是哭呢？

26

连自己的灵魂都可以毫无犹豫地卖掉的人们，还能怕买卖妇女儿童吗？

人和牲口的区别不就是在这里吗！

27

读那么多乌七八糟的书，你的思维能清晰而正确吗？

还不如就读那几本有关的书籍呢！

反倒简单省心！

28

在社会历史研究中看着权威的脸色，能做出属于自己的有价值的成果吗？

哎呀呀！

29

他开始出名了。同时在熟悉的圈子中开始臭了。

难道这是一个规律吗？

30

不敢正视真理还窥觊学术成果。

真是心比天高啊！

31

听说，百万年以后那该死的彗星会突然把地球撞碎了。

还是注意一点吧，孩子！

32

我是蒙古族作家，还是个有着代表性地位的蒙古族作家。关于这点您不会怀疑吧？但是，蒙古族文学的命运不会和我有永远的联系。

昌盛啊灭亡啊？随她的便吧！

哦，你们还真是有着享不尽的福祉呀！

33

人一旦被某一种东西羁绊着，就不能做到真正意义上的自由思考了。

思想的枷锁如此的厉害呀！

34

权益，故土，母语。

民族挺立的三大砥柱。

缺任何一个都要命。

三个都缺失的话？世界末日！

35

金钱是人花的。

人不可以被金钱奴役啊！

36

去放羊的姑娘被雨逮个正着啊？

不是，妈妈，不是被逮，是淋透了！

37

对已经到了被“守护”地步的母语，有多少守护者都无能为力吗？

照样被污染，被挤对。

38

物价涨得无顶。

精神的价值被贬得入地。

看来蒙古族人讨厌生意人的传统有一定的道理呀！

39

你个笨蛋还想和我讲理吗？
拿出你的刀吧！
让爷瞧瞧！

40

见到骨头就不顾一切地豁出命来抢。
最终咋样啦？
什么咋样？每天都看到结果呢不是吗？

41

如今的年轻人看什么都去挑刺儿讽刺。
唉，如果不是如今而在过去，更不知他们会怎么样。

42

要想成为真正的作家，必须对读者负责到每一个标点符号。
说起来简单，做起来难啊！

43

在人家孩子婚礼上用各种可耻的手段把人家当众侮辱取乐，已经变成如今时代的特色啦。

听说人原来是由猿猴进化而成，现在难道人又要退化成猿猴了吗？

44

摄影家卡尔散得特二十年当中游遍三十多个国家，在蝴蝶翅膀的图案里发现了二十六个英文字母和阿拉伯数字。

不懈的追求能创造意想不到的奇迹。

45

布谷鸟只因为会鸣唱才被人们喜爱珍惜。

如果它又会鸣唱还会嘎嘎叫唤那会怎么样呢？

嗯，静观其变吧！

46

鲶鱼是鲶鱼，嘎鱼是嘎鱼，不久的将来都会各奔各的前程。

你替他们操心也白费力气。

47

什么时候看您的书籍都那么崭新呢，奇怪！

我特别爱护书籍，从来都不碰它们。

哇哇，书可惜啦！

哇哇，可惜了这书！

1995 年夏

牧马雄鹰

莫·阿斯尔 著
哈斯格日乐 译

莫·阿斯尔

1936－2005，原名刘成，蒙古族。曾任内蒙古作家协会副主席。1956年发表处女作《边防哨兵》。作品多次荣获内蒙古自治区文学与戏剧创作奖、少数民族文学创作骏马奖、内蒙古自治区文学创作“索龙嘎”奖、北京军区文学创作奖以及第一届全国少数民族图书奖。翻译多部中外名著。

哈斯格日乐

蒙古族，1980年出生于通辽市扎鲁特旗。作品多发表在《内蒙古日报》《哲里木文艺》《内蒙古青年》《内蒙古日报》等报刊。蒙译汉及汉译蒙翻译作品有:《我那痛并快乐着的三十岁》《枣骝燕》《恋乡石》、科尔沁蒙古剧《万丽花》《胡杨恋》等。

斜阳。

草原深处。

相邻而居的几户人家的最西侧一家，走出一位将衣袖撸到手肘的健壮小伙子，右手抓起放在门梃子西侧的鞍鞒，左手拿起靠墙而放的中杆修长、杆梢又结实的套马杆，大步朝围着拴马桩嘶鸣的竹黄毛马走去。

蓝色的绸缎已褪去原来的色泽。这与其木德高大的身材略显失衡，但露在他盘绒靴靴筒上的玛瑙烟袋和斜戴在头顶的紫色八角帽以及一双明亮的大眼睛，则显出了年轻小伙子的阳刚之气。

拿着套马杆骑上马，侧身坐在马背上，嘴里哼着歌，朝正南方向走去。

其木德吹着口哨，策马奔腾在广袤无垠的原野上，在马群附近转了几圈，喊了几声，将马群赶进一处平地，再将竹黄毛马羁绊在一旁，自己在马群停歇处北侧草地上，盘腿坐了下来。他在捻着皮套绳的同时，留意着马群的动向。趁着傍晚时分空气凉爽，马儿相互撕咬着，有的还寻找松软的草地，尽情地翻滚着，啃着鲜嫩的青草。唯有淘气的小马驹们腾空雀跃并相互追逐着，一刻也不闲着。

看着自己的主人，马群对周围的环境放松了警惕，而其木德完全依赖竹黄毛马，安心地躺在了地上。

马群嘶鸣着，竹黄毛马啃着草，向马群走近。

阵阵清风变得略显狂暴起来，让夜晚的空气变得格外清凉。乌云向大地扑来，月儿在乌云的遮挡下就像颗星星，原本一闪一闪的星星更是消失得无影无踪。

马群不理会这些，牧马人没有放过眼前哪怕是一丁点的变化，细心地留意着。

雷声隐约从远处传来，偶有一道闪电划过天际。不一会儿工夫，随着雷声的越见清晰，掉下几滴雨点。其木德忙起身牵来羁绊着的马，随之，电闪雷鸣不断袭来。竹黄毛马紧贴着主人打转，而身强力壮的牧马人——其木德拉紧马的肚带。雷声响彻旷野，像是要将整个原野吞噬掉一般。与此同时，暴雨倾盆而下，原本安宁的马群立即混乱起来，摇首翘尾直往前飞奔而去。其木德由着马，穿过漆黑的夜晚，想要把马群拢过来。但是，小马驹嘶鸣着，想要稳住马群是一件难上加难的事情了。

雷鸣声响彻夜空，马蹄声踏遍大地。

冰冷的雨点不断袭击着地面，再加上不时闪现的闪电照亮漆黑的原野，让人不由得心惊胆战。但是，其木德心中想的都是该如何保护自己的马群，而不是找地方避雨。他努力想要稳住马群，暗下决心，想着："我在，马群在。"他紧咬住下唇，由着竹黄毛马飞奔着。

随着主人的喊叫声，马群渐渐安静下来，但只要雷声传来，马群就会再次混乱，透过浓浓的乌云，闪电一闪而过，惊逃的马蹄散发出火石的红光。

随着闪电的照明，周围的一切景物也忽隐忽现，从受惊的马儿眼睛里散发出红、绿、蓝、黄等各种颜色的光芒，用黑夜的眼睛看来，具有一种奇异色彩。其木德没有工夫也没有精力去理会自己被雨水浸湿了的身体，全心全意在狂风暴雨中保护马群。

雷声在继续，大雨一直在下，马群也在顺风飞奔……

费了好大工夫才将落在后面的带着马驹的骒马赶进大部队里。这时，穿过黑暗，从远处传来马的嘶鸣声，惹得其木德的内心发颤。在风雨的吹打下，其木德的脸一阵刺痛，耳朵开始麻木，浑身上下一股寒意席卷而来。但只要听到马儿的嘶鸣声，其木德就会忘掉寒冷和疼痛，没有时间考虑前方的路况，只是快马加鞭，在原野上狂奔。他的竹黄毛马也不理会坎坷的地形，遵照主人的旨意，往前冲刺。

黑暗中，偶有孤影像雄鹰掠过，消失得无影无踪，不一会儿又不知从哪个方向再次飞奔而来。有的时候，还结伴成群，在黑暗中朝着其木德所在的方向奔来。

其木德终于赶上另外一部分马群，从前面拦过来往大部队赶去。这时，电闪雷鸣渐渐远去，云朵飘浮着往南海游了过去。

这时，躲在云层后面的月儿也渐渐隐去，天际泛白，迎来了新的一天。

雨后的太阳放射着万丈光芒，在大地上缓缓升起。草尖上的露珠晶莹剔透，随着青草的轻轻摆动，闪烁着美丽的光芒，装点着大草原。

其木德的脸被雨点打得发紫，浑身发抖，但想到自己将马群保护得毫发无损，他的脸上便出现了胜利的喜悦神情，露出洁白的牙齿微笑着，在清晨的阳光下，显得那么的庄严和威猛。

其木德拉紧马儿的肚带，拧了拧皮套绳上的水，冲进马群，套住飞箭红换下了竹黄毛马。

晨阳。

辽阔的草原。

1962 年 7 月

葡萄之乡

苏尔塔拉图　著

材音博彦 译

苏尔塔拉图

蒙古族，1934 年生，通辽市库伦旗人。中国作家协会会员。上世纪七十年代起用本民族文字进行散文、中长篇小说创作，出版多部小说及散文集。散文《金驹长嘶》荣获 1981 年全国少数民族文学创作奖一等奖。曾四次荣获内蒙古自治区文学创作“索龙嘎”奖。

材音博彦

蒙古族，1937 年生。曾任内蒙古师范大学中文系副教授，内蒙古自治区作家协会会员。主要从事儿童文学创作和翻译工作，其小说、散文及翻译作品在区内曾多次获奖。

凡是有机会到新疆去观光的人，哪个不想到盛产葡萄的吐鲁番盆地去，一边品尝着那闻名于世的甜美葡萄，一边又能游览一下那里的秀丽山水啊！

热情而又好客的维吾尔族主人，似乎深深理解每位来访者的心情，我们参观团一行刚刚到达新疆，他们便优先安排我们前往吐鲁番盆地参观。

我们分乘几辆北京吉普，从乌鲁木齐出发，直奔吐鲁番盆地疾驰而去。

那时正值夏末秋初的收获季节，郊外的原野上天高云淡，金风送爽，使人感到分外惬意和愉快。

陡峭挺拔的天山山脉，就像一根根衔连起伏的巨大擎天柱，巍然横亘在公路一侧。它那一座座银白色的峰巅在云端上空闪射寒光，活脱脱地象征着新疆人民所固有的那种傲岸气质和雄健的姿态。

给我开车的司机是一位姓马的维吾尔族青年，性格既活泼又特别豪爽，他驾驶的北京吉普就像是一只展翅冲刺的燕子，敏捷轻盈，始终飞驰在参观团车队的最前端。

我透过车窗向周围好奇地张望着。只见路旁那绵亘伸延的山峦，突兀奇丽的危崖峭壁，随着汽车的颠簸疾驰，在初秋金色阳光的照耀下，仿佛都在跳跃似的不断朝后飞速移去。偶尔裸露在云端下方的那一丛丛深褐色嶙峋怪石，被山腰上的碧绿植被衬托着，放眼望去，酷似赳赳武士的群体塑像，煞是壮观、迷人。

吐鲁番盆地位于乌鲁木齐东南二百五十公里处。我们的车队沿着一条紧挨公路奔腾的湍急河流，行驶了很久，这才闯进一个大谷口，继续朝纵深处进发。

将近中午时分，司机小马领头把车停在河边，向大家招呼道："请大家在这里稍事休息吧。出了这个山谷再往前走，气候就闷热得像蒸笼一样啦！"随后又指着身边的河流，大声介绍说："这条河是从天山上融化下来的雪水汇成的。原先它只不过是一条潜流，在地表下面白白流淌了许多年。如今，人们把这股潜流拦腰截住，硬是让它流到地面上来，用它浇灌葡萄园、麦子地、棉花田等，简直是妙极啦！……哦，大家瞧这河水多么清澈呀，难道不想下去洗一洗吗？"小伙子说着，当下就扑通一声跳进河里，尽情地玩耍起来。

我蹲在芳草萋萋的河岸上，手掬着清凉的河水喝了几口，抬头朝前望去，只见一簇簇红柳丛、随风起伏的翡翠色芦荡同茅草滩牵连成片，满目郁郁葱葱，两侧高耸的悬崖绝壁上爬满了密密麻麻的藤萝。对面山崖上有一条巨大的瀑布，轰然作响着倾泻到无名河水面上来，激起千万朵雪白的浪花，在那里翻滚不已。稍远处，各种水鸟在河面或空中追逐、嬉戏，叽叽喳喳鸣叫，真使人有身处江南水乡之感。

大家稍事停留之后，乘车离开这条凉爽幽静的峡谷，没走多长时间，就随着司机小马同志的一声通报："吐鲁番到啦！"我们的车队便驶进海海漫漫的吐鲁番盆地里来了。

转瞬之间，热浪扑面而来，灼热滚烫的空气使人骤然感到气塞心堵，呼吸起来十分困难。朝四周巡视，看到这里的地表红得像朱砂一般，并且寸草不生，好似所有的土层都曾经被烧焦过一样；就连附近的山脉也全都呈赭红颜色，仿佛是炎热的阳光之下，正在熊熊燃烧一样，直烤得我们浑身大汗淋漓，口渴难忍，周身的血液似乎一下子全给日光蒸发殆尽，流动速度也大大减缓了。这使我不禁想起了《西游记》里面的孙悟空，当年保驾唐僧艰苦跋涉火焰山的那段故事……

车队正行走间，突然，在远方的地平线上出现了一个小黑点，透过紧贴地平线滚滚流动的蜃气，时隐时现，移动着朝我们靠近而来了。

这时，同伴中忽然有人惊呼起来：

“哎哟，那不是一辆大卡车吗？！”

“请老兄别瞎喊叫吧，我看绝对不是什么车辆！”另一个人当即从旁纠正说，“依小弟之见，前面那个目标，只不过是个类似海市蜃楼的幻影罢了。”

司机小马同志却晃着脑袋，大声证实道：

“我敢和你们打赌，前面就是来了一辆大卡车嘛！”

待我们驶近前一看，嗬哟，原来是新疆人民出版社的同志们，他们为了替我们解除炎热，特意载着西瓜，抄近道提前迎接我们来了！望着东道主们热情的笑脸和那满满一车绿莹莹、圆滚滚的西瓜，我们心里顿时感到甜滋滋的，凉丝丝的。

清凉可口的大西瓜下了肚，我们心里顿时豁亮起来，它不仅缓解了我们难耐的焦渴和燥热，而且在精神上也给了我们极大的鼓舞。

趁大家吃西瓜歇息之际，新疆的同志们开始介绍起吐鲁番的情况：

“吐鲁番盆地是在天山东部山脉中间形成的一块平地，它被海拔一千五百米至五千四百米高的天山支脉群峰拥抱着，面积大约有五千平方公里。这个盆地本身的地势低于海平面大约一百五十四米，是我国地势最低的一处盆地。由于被群山环绕，盆地里的气温上升得十分迅速，然而散热速度却相当缓慢，所以这里的气候总是既闷热又干燥，夏季的温度有时竟平均达到三十摄氏度以上，每年的降雨量总共才有二十五毫米左右，有时还达不到这个数字呢。

“一九五三年，这里的最高气温达到了摄氏四十七点六度，因而吐鲁番便成为我们祖国最炎热的地区，被人们戏称为‘火盆’。有时地面上的石沙温度达摄氏七十度，人们在上面行走，脚上很快会燎起泡来，所以这一带的人们又管这个地方叫‘火岛’。

“每到炎热的夏季，这里的老乡们用住洞房的传统方式，借以逃避炽热的阳光。这里虽说是也有雨季，地面上却从来也没有道路泥泞的时候。有时看起来是乌云翻滚，大雨滂沱，然而那些雨水还没落到地面上来，就被蒸发掉了，所以在一般情况下，地面上是从来不见雨滴的。

“吐鲁番盆地北侧的博格达山南麓，则完全是由红色砂石形成的，气候比这里还要干燥许多。山上从不生长一草一木，地层表面总像烧红了似的炽热烫人。据说，前面远远望得见的那座巍峨峰峦，就是在《西游记》中曾经被描写过的‘火焰山’哩！”

做介绍的同志颇有兴味地讲完了，我们却觉得还没有听够，心里不由得浮想联翩，更感到这个盆地的神秘与不凡，一时竟忘却了闷热的气温。

随后，大家纷纷上车，又兴致勃勃地赶路了。

当夕阳西下，收回它最后一线余晖的时候，一处大村落的轮廓跳进了我们的视野。远远望去，在这个村落的北面山坡上，林立着许多像是古代烽火台似的建筑物，黑压压一片，蔚为壮观。

我在好奇之余，忙问身旁的小马同志：

“这里是不是有许多工厂呀？”

小马同志笑着摇了摇头。

“前面是葡萄乡所在地，那里并没有什么大工厂，您看到的那些大家伙，是当地老乡们用来晾晒葡萄干的高台子！”

当车队从村西头驶进去的时候，村里的几位负责同志早已在那里迎候我们很久了。

正当大家下车同村干部们握手寒暄时，突然，从村东的山坡小道上传来了一阵悦耳的歌声。循声望去，只见一群美丽的维吾尔族年轻姑娘从那边走来，装束是典型的新疆风格，身穿鲜艳的印花裙子，头上围着夺目的彩色彩巾，肩上扛着一把锄头，看样子是刚干完农活归来。

姑娘们边走边唱，那走路的姿态如同跳舞一般轻盈优美。司机小马当即就把她们唱的歌词，用汉语给我翻译出来了：

沐浴着金色的阳光，
穿行在银色的山间。
玛瑙般的葡萄呀，
银带似的渠水光灿灿。
哦，幸福的歌儿唱不完！

粮食水果喜夺丰产，
咱农民心里比蜜甜。
崭新的道路由我们来开创呀，
采来珍珠装扮咱吐鲁番。
哦，幸福的歌儿唱不完！

大家进村一看，嗬，这里真是一个名不虚传的葡萄世界！只见村路两侧，房前屋后，院墙内外，坡坡坎坎，到处都爬满了绿油油的葡萄叶蔓。

少顷，一轮明月悄然爬上东方天际，把村庄照耀得如同白昼一般亮堂，气温也随着降下来了，变得凉爽了许多。

村头稍事耽搁一阵之后，村干部们便带领着大家驱车参观了一所望不到边际的偌大葡萄园。一迈进园门，那路两旁依次搭起的葡萄架，便一排排一行行地呈现在你眼前，密密麻麻，牵牵连连，分别组成了令人眼花缭乱的葡萄长廊，多得使你想数也数不清楚。

大家争着从车窗口探头张望，一串串葡萄不断擦拭着我们的面颊向后移去，真让人从内心感受到了葡萄的芳香。

汽车沿着葡萄园中的通道，徐徐前行，当驶出园门之后，蓦地向外一拐弯，便来到一座青虚虚的峭壁下面，停了下来。

大家纷纷下车，走向前去，抬头仰视，只见月光辉映之下，从峭壁顶端渗透出许许多多亮闪闪的水珠，正不断“滴答”响着，滚落到峭壁下面的一泓清泉水池中。真是奇妙的景致！我捧起清泉水洗了把脸，再仔细看，复又发现它的高处，居然还有几个黑乎乎的大洞窟。我捺不住好奇心的驱使，忙向身边的一位维吾尔族村干部打听这些洞窟的由来。

“这些洞窟与你们这几位客人可有点关系哟！”那位性情幽默的维吾尔族村干部，呵呵笑着回答道，“这是你们蒙古人古时候来此居住过的洞窟啊！”此话兴许有一定道理。根据有关史料记载，公元一二〇九年，在吐鲁番一带建国的高昌人，曾经向蒙古人集体投降称臣。到公元一二一八年，蒙古军队消灭西辽军队之后，便占据了天山以南的广阔地带，且有相当一部分蒙古人在这里长期定居下来，和当地维吾尔族人民群众生活在同一个环境中，一起从事种植葡萄等水果的农业劳动。由此看来，说这些洞窟曾经是蒙古人居住过的地方，大体上还是符合历史事实的。

晚饭后，村干部们请大家来到一间大厅里休息。从外观上看，这座建筑物很像是一个普普通通的会议厅，然而一进到里面，看到的却是葡萄的世界。原来整个大厅的四壁，全是用葡萄架子巧妙装饰出来的，看去满眼都是碧绿的葡萄叶子和一串串珍珠玛瑙般的鲜嫩葡萄，屋顶是望得见星空的玻璃盖子，厅中央摆的依然是以葡萄为主的瓜果宴席。在明晃晃的充气煤油灯下，只见那种类繁多的葡萄，格外引人注目，论形状有滚圆的、椭圆的，看颜色有紫红的、奶白的，论品种有带核的、无核的，讲味道有纯甜的、微酸的。一盘盘，一串串，清香扑鼻，真让人不知从哪里下手才好。此外，瓜类和奶食也是琳琅满目，有当地产的哈密瓜和大西瓜，有伊犁产的香梨，有博尔塔拉的奶酪和炒米，也有巴彦高勒的黄油……

这使我又一次想起了《西游记》里描写的蟠桃盛会。然而，天宫里那位吝啬的王母娘娘，岂能比得上热情好客的今日吐鲁番人啊！这里的“葡萄盛会”足以使王母娘娘相形见绌！

第二天，大家又先后参观了坎儿井等多处地方，均留下了深刻的印象。生息在美丽富饶的吐鲁番土地上的人民，多么勤劳而又好客！他们为了创造更加幸福美好的生活，正在不断地努力奋斗着……

1977 年 10 月于呼和浩特

富饶辽阔的阿拉善，
让人流连忘返的地方

桑·舍力布 著
赵朝霞 译

桑·舍力布

蒙古族，1935年出生于哲里木盟科左后旗。1957年毕业于内蒙师大中文系蒙古语专业。曾任《党的教育》杂志社副总编。中国作协会员，中国少数民族作家学会理事。主要作品有散文集《鲜花盛开的草原》《春满祖国大地》《山水情》《为了美好的明天》《桑·舍力布散文选》，报告文学集《为了真理而斗争》《戈壁胡杨》。译著有屠格涅夫的散文诗集《爱之路》等。

赵朝霞

1985年6月出生于通辽市科左后旗。2006年7月毕业于内蒙古师范大学，2009年7月毕业于内蒙古大学，获硕士学位。2009至2015年就职于内蒙古自治区气象局，2015年至今于内蒙古文学翻译家协会工作。

一　感想

汽车从银川出发，沿着辽阔草原上绵延的公路驶向西北方向。当巍峨的阿拉善山[①]映入眼帘，车窗外一幕幕迷人的景色从眼前呼啸而过，而此时，脑海中却浮现出另一番景象：时而像电影片段，时而像童话故事里的情节，心中逐渐涌起一股温暖的思念，那就是关于那巍峨的阿拉善山遥远而深刻的记忆。

小时候经常听到老人们唱：

雄伟的阿拉善山上，
金莲盛开，
父亲啊，父亲，
咱们去摘金莲！

高耸的阿拉善山上，

① 阿拉善山：蒙文音译，贺兰山。

银莲盛开，
母亲啊，母亲，
咱们去摘银莲！

除了歌，还听到过很多传说。从那时起，在我印象里，阿拉善大地上的阿拉善山就像传说中的世界那样，神奇、充满惊险并盛开着珍贵的莲花，是一个充满美景的圣地。

那是广阔的世界被绿色覆盖，五颜六色的花朵竞相开放的一九五六年美好的夏天。因为工作，有机会和几个朋友来到了阿拉善。那时正是阿拉善繁荣发展的黄金时期，而我们也正年轻。我来到了儿时梦寐以求的地方，而且游走了好几个月。所以，关于阿拉善，除了儿时的向往，又多了一份年轻的爱。

大地披上金色的衣裳，瓜果成熟的一九八三年的秋天，我有幸再一次来到阿拉善。从那之后，虽然已经过了二十七八年，关于雄伟的阿拉善山、辽阔的阿拉善、富饶的巴彦浩特，记忆清晰得就像刚刚离开一样。

滴滴滴——突然汽车的喇叭声响起，我像从睡梦中惊醒似的从深深的思绪中缓过神，向车窗外望去，才发现汽车已经驶入了巴彦浩特的街道。

二　富饶美丽的巴彦浩特

巴彦浩特东南方太阳升起的地方，在辽阔草原上耸立着的阿拉善山，雄伟壮丽，像座天然的屏障。北风吹着一片片白云，仿佛要撞向那巍峨的山峦，既而又从山间绕过，就像洁白的绸缎。作为阿拉善山主峰的巴彦笋布尔峰，气势磅礴、闪闪发光，像位力大如猛虎的将军，穿着冰雪盔甲立在云端之上、山峦之巅，迎接初升的太阳和巴彦浩特喧嚣的清晨。巴彦浩特西北太阳落山的地方，微红的夕晖洒在沙丘上，就像波澜壮阔的大海激起了金色的浪花，巴彦浩特安详的秋夜悄然来临。

像铺了一层绿色地毯的这片平川，有清澈的泉水，有肥沃的草原，有屹立在山顶上的将军的保护，被具有金色浪花的大海包围，后面的营盘山是挡住北风的屏障，源自阿拉善山腹地美丽的乌力吉木仁河三条分流宛如三层银腰带，富饶美丽的巴彦浩特正繁荣发展。

巴彦浩特，自古以来由勤劳勇敢的阿拉善牧民们用辛勤的汗水筑起，但是直到解放以后才开始迅速发展。最早的巴彦浩特，大约在三百年前根据北京的皇宫建造的。从那时起，阿拉善便有了“塞外小北京”之称。

巴彦浩特，一直以来是内蒙古西北地区政治、经济、文化、金融、交通中心，是原阿拉善特别旗政府所在地。阿拉善特别旗经过历代繁衍，在一九四九年九月和平解放。

解放后，党和政府将阿拉善特别旗政府所在地命名为“巴彦浩特”，意为富饶的城。阿拉善特别旗在一九五六年被划入内蒙古自治区巴彦淖尔盟，巴彦浩特成为巴彦淖尔盟行政中心。一九八〇年，阿拉善盟成立，巴彦浩特又成为阿拉善盟行政中心，同时也是如今阿拉善左旗的旗政府所在地。

一九五六年夏天我们来阿拉善的时候，恰逢巴彦浩特西郊宽阔平坦的草原上举办巴彦淖尔盟首届那达慕大会。在那达慕大会的会场周围，整整齐齐地排列着漂亮的大蒙古包，商贩们五颜六色的帐篷排成行，就像草原上新建的街道。那达慕大会上以哈丰阿副主席为首的自治区代表团带来他们的祝福，随后哈丰阿副主席发表讲话，将党和政府的关怀带到阿拉善戈壁，使那达慕大会的氛围更加欢庆热闹。

获得自由过着幸福生活的阿拉善额鲁特[①]蒙古族，第一次参加如此大型的那达慕，满心欢喜，脸上堆满笑容。那达慕大会上举行“男儿三技”等蒙古族传统竞技比赛，持续了好几天……

如今，那次那达慕大会的场地上已经耸立起一座座工厂和企业高大的建筑，高高的烟囱中烟雾缭绕。

那年来的时候，市区后面，在营盘山前，坐落着被高墙围绕的阿拉善王达理札雅[②]的土城，城内还有王府、阿拉善王图书馆等建筑。如今，城墙、城址已经消失，取而代之的是一排排办公、贸易大楼。楼房旁边、在营盘山脚两片清澈的湖面上，映出巴彦浩特和阿拉善山的倒影，湖边垂柳的枝叶轻轻摇曳，杨柳树枝交错，景色迷人。

营盘山脚下，市区后面，坐落着巴彦浩特最早的建筑，两百多年前建造的“延福寺”。据说当时也是照着北京的雍和宫建的。那年我们来的时候，这里的寺庙、房屋、围墙都像是崭新的一样完整，而且随处可见塑像、雕刻、针织、刺绣、绘画等生动精致、令人赏心悦目的艺术品。虽然在那之后遭遇到很大的破坏，但一九七七年进行了修复，所以这次来的时候，寺庙的主要建筑以及佛像等重要的物品仍然是原来的样子。

营盘山的左侧，盟政府办公楼、宾馆等建筑的红瓦黄墙，散落在绿色的山丘上。

当年的阿拉善王公园如今被改建成巴彦浩特果园，种类繁多的果树枝叶相连，结满五颜六色的果子。原来乱草丛生的野地如今成了巴彦浩特人民公园，开满美丽的花朵。

以前，巴彦浩特街道狭窄，路面上尘土飞扬，一下雨就泥泞

---

① 额鲁特：旧时蒙古族之一部。

② 达理札雅：阿拉善旗第九代十任札萨克和硕亲王。

不堪，无法行走。晚上大街上路灯少，多的是狗叫声。现在，机动车驰骋在宽敞的柏油路上，到了夜晚街道灯火通明，人们穿梭在宽敞平坦的柏油路上，去逛商店、看电影，或在广场散步。

那年来的时候，巴彦浩特仅有一所蒙古族小学，而且刚送走第一批毕业生，都是牧民们的孩子。蒙古族初中刚刚建成，正迎接一年级新生。虽然民族教育曾经遭遇过破坏，后来在党的民族政策的关怀下，巴彦浩特的教育事业繁荣发展，如今越来越多的学生考上高中、中专，甚至不少学生考入大学、大专，而且每年有很多大学、大专毕业生回到故乡，为建设故乡做出自己的贡献。这次，我们参观了巴彦浩特师范学校和第二中学，还参加了第二中学蒙古族学生诗歌朗诵比赛。

蒙古的美名被五洲四海世代传颂
蒙古的命运把我们的心连在了一起
美妙悦耳的母语给了我人生的智慧
我的生命已经和祖国连在一起，永不分离！

年轻的学生们朗诵着蒙古族著名作家那楚克道尔吉的诗歌以及其他优美的诗歌，令人陶醉。我们为巴彦浩特教育事业如此迅速发展感到钦佩和喜悦。因为解放前，阿拉善几乎没有发展过教育事业，学龄儿童都会被送到寺庙当喇嘛。世世代代的迷信思想扎根戈壁深处，与外界的发展变化相隔越来越远。

在营盘山顶向前看，能看到巴彦浩特全景：围着三层银腰带，有一双清澈眼睛的美丽姑娘。那次来的时候，只要有时间就到山顶欣赏眼前的巴彦浩特景色，或者凝视对面雄伟的阿拉善山。这次我又习惯性地爬上山顶，将发展变化的巴彦浩特美景尽收眼底。即使遭遇过很多动荡，在过去的二十七年间发展竟如此之快，那么飞奔在发展之路上的巴彦浩特，在未来的二十七年该发生多么翻天覆地的变化！

三　奇特的文化

阿拉善是名副其实的诗歌的海洋，秀丽的山河都有自己的传说，生产生活也有诗歌赞词。我们上次来，欣赏并收集了很多阿拉善民间流传的诗歌赞词。此外，我印象比较深的是阿拉善古代文化遗产最集中的地方，阿拉善南寺和北寺。

巴彦浩特东南四十五公里处，阿拉善山顶巴音笋布尔峰脚下，有成荫的松柏、高耸的悬崖，还有尖锐的绝壁。在悬崖底下，泉水从山缝中涌出，潺潺流淌，旁边盛开着五颜六色的花朵。密林深处，鸟儿们在歌唱。在这古朴神秘的地方，有黄、绿、蓝、褐各种颜色的瓦，红褐色的墙，其中巍然耸立着宏伟壮观的寺庙，金顶在阳光下闪闪发光。这就是人们所说的阿拉善南寺，其名为“广宗寺”。

这座寺庙为阿拉善八大寺之一，建于一七五二年，一七六二年进行扩建，清廷御赐蒙、汉、满、藏四种文字书写的“广宗寺”匾额。

穿过阿拉善广阔的戈壁山丘，进入阿拉善山，路边开始丛林密布，随处可见奇特的悬崖峭壁。在那些悬崖峭壁上雕有几十座佛像，还有彩色的藏文、梵文。欣赏着美景，这条神奇的路会把你引到南寺。

南寺位于海拔两千零一十米的山上。全寺有大小佛殿十五座，有两千八百多栋建筑。整个寺庙最重要的，是建在最上面的佛殿里，供奉着存放有上师舍利的金塔。这座佛殿是共有七十二间房屋的两层建筑，顶部就像北京故宫一样，被黄色绿色的瓦覆盖，金顶闪闪发光。在这荒山野岭深处，竟有如此精美宏大的建筑，真是人类的奇迹啊！这座佛殿后方正中的位置，放着供奉上师舍利的一丈多高的镀金铜塔，从玻璃窗望进去，能看到塔内上师遗体安然盘坐、双手合十诵经的模样。

佛殿里还有一个奇特的地方，那就是在屋顶悬挂的穗子上有珊瑚、珍珠、玉石等各式珍贵的宝石，在昏暗的殿内发出蓝、绿、红、粉等各色的光，吸引着人们的目光。还有金佛、金塔、银塔、银烛台、金银供品等在佛殿中间永生不灭的烛火的照耀下，闪闪发光。这里是整个南寺所有奇珍异宝集中的地方。其他佛殿内除了这些还有数之不尽的珍贵文献资料，有全世界罕见的，将黄金融化作为墨水写成的《黄金密码》。我们近距离观赏到这些，惊叹不已。大殿里每根高大的柱子都由画着栩栩如生的龙和其他精美图案的毯子包住。这是古人劳动的成果、智慧的结晶！

阿拉善北寺也是阿拉善八大寺之一，又称“福音寺”。北寺也是像南寺一样的大型寺庙，而且藏有大量的珍宝书籍。最吸引我们的地方是寺庙附近一个小山丘上有座高大的坟墓，外面由白色的石头围起来，里面没有任何杂草，所以从很远处就能清楚地看见。这就是历史上著名的蒙古族文化名人阿旺丹德尔喇隆巴[①]的坟墓。寺庙里的千佛殿里也供奉着阿旺丹德尔。

阿旺丹德尔喇隆巴，一七五八年出生于阿拉善旗巴彦淖尔公巴格额鲁特氏牧民家，六岁送延福寺为僧。他从小聪慧过人，对书本有浓厚的兴趣，经过勤奋的学习，他优异的成绩遥遥领先于其他人。在他十七岁那年（一七七六年），寺庙派他去西藏求学。

---

① 喇隆巴：拉萨经学院制中的最高学衔，相当于博士。

就这样少年的阿旺丹德尔告别故乡，长途跋涉，用坚强的毅力战胜艰苦，到了西藏拉萨名刹哲蚌寺求学。在艰苦的环境下，经过二十四年的精研，洞悉五名学，被授予经学院学制中最高的喇隆巴学衔。一八〇〇年，四十二岁的他回到故乡，成为北寺历史上的第一位喇隆巴。

他回来以后没有一直待在寺庙里，而是云游四方，深入了解各地社会生活，研究文化。所以在阿拉善民间流传着很多关于阿旺丹德尔的传说，其中有一个是这样说的：他刚从西藏回来的时候，阿拉善王和他会面，他把释迦牟尼的佛像放在最下面没有垫子的位置上，把喇隆巴的佛像放在释迦牟尼上面的有一张垫子的位置上，他自己坐在喇隆巴佛像上面有两张垫子的位置上，将阿拉善王迎坐在最上面有好几层垫子的位置上。阿拉善王坐下来后很是好奇，向他问这样安排的原因。他说："阿拉善王从来都是敬重官职，不理会佛学和文化，所以顺从您的意愿，虽然释迦牟尼学识渊博，但是由于没有任何官职，所以只能坐在没有垫子的位置上；喇隆巴有点官职，所以坐在有一个垫子的位置上；我已经获得喇隆巴官衔，所以坐在有两个垫子的位置上；您的官职最高，所以让您坐在最高最好的位置上了。"这个故事体现出阿旺丹德尔作为一位佛学大师，巧妙地讽喻、教化阿拉善王的智慧。

阿旺丹德尔精通蒙古文和藏文，留给后人十八万多字的（藏文）著作。其中有哲学著作、文学著作、语言文学著作、文字学著作等。他的代表作品有训诫哲理长诗《人道喜宴》[①]，八十岁高龄（一八三八年）著的藏蒙大词典《详解月光词典》[②]，此外还有蒙古语语文语法著作《详解蒙古文语文文法通讲》等。他于一八四〇年在北寺圆寂，享年八十二岁。他不仅仅是一名精通佛

---

①《人道喜宴》：又名《人伦必修》。

②《详解月光词典》：又称《皓月辉映词典》。

学理论和宗教哲学的高僧，他对于蒙藏文化的发展所做的贡献和积极作用是举世公认的。

在北寺，珍藏着很多阿旺丹德尔的手稿、著作原稿和很多图书以及珍贵的文物，使我产生了强烈的研究欲望。所以那次来我在南寺和北寺住了好几天，仔细瞻仰这些宝贵的物品，有些用笔记了下来，有些永远地留在我的脑海里。

四　美丽富饶的阿拉善

我们从巴彦浩特出发，经过乌力吉苏木①，向额济纳出发。繁荣整洁的巴彦浩特从视线消失，晴空下青绿色的阿拉善山越来越远。汽车驰骋在辽阔的草原上、无边的戈壁中，穿梭在美丽富饶的阿拉善广阔的土地上，这时跟我们同行的阿拉善的朋友们唱起了歌：

奔流的额济纳河
古老的巴彦筝布尔
辽阔的阿拉善
哪里能找到这样美丽的故乡
啊哈晦
勇敢的蒙古民族的骄傲
魂牵梦萦的故乡！

满山的松柏
古老的阿拉善山

① 苏木：内蒙古行政区划名，相当于乡。“苏木达”即乡长。

如此美丽的阿拉善
哪里能找到这样美丽的故乡
啊哈晦
……

阿拉善这个名字来源于阿拉善山。阿拉善山是位于阿拉善盟东部、与宁夏回族自治区毗邻、从东北延伸至西南的山脉。阿拉善山主峰巴彦笋布尔、巴彦博格德峰都在海拔三千五百五十多米。

关于阿拉善山有个古老的传说：当年成吉思汗西征的时候，这里叫“查苏图山”[①]。当时这里居住的是唐古特人[②]。成吉思汗命令他们的首领立刻投降，这个首领非但不肯投降，还向成吉思汗宣战，成吉思汗大怒，率兵攻打将唐古特人驱走。仔细看看这个地方，松柏成荫、鸟语花香，真是山清水秀的好地方，成吉思汗被美景陶醉，不忍离去，于是将兵马安顿在这里，度过了夏天。

关于阿拉善这个名字的由来，民间也有很多种说法。原来的阿拉善特别旗就是以阿拉善山命名的。古时的阿拉善特别旗属于和硕特[③]。和硕特部的首领家族是成吉思汗之弟哈布图哈萨尔的子孙，且与科尔沁、扎赉特、杜尔伯特（左）、郭尔罗斯、阿鲁科尔沁、杜尔伯特（乌兰察布）、茂明安、乌拉特同一个祖先。和硕特部是原来的新疆额鲁特四个部族之一，在三百年前来到这里。在古代，阿拉善王忠于清政府，曾镇压过反抗清政府的人民起义，因此获得皇帝的奖赏，将公主嫁给阿拉善王，从此阿拉善旗不再属于任何盟市，直接归属于清政府。阿拉善特别旗在

---

① 查苏图山：蒙文音译，雪山。

② 唐古特人：历史上对青海、西藏地区藏族的泛称。今称青海地区的藏族。

③ 和硕特：额鲁特蒙古之一部。

一九四九年九月和平解放，解放后“阿拉善”成了阿拉善左旗、阿拉善右旗、阿拉善盟的名字。

现在的阿拉善盟位于内蒙古西部，北与蒙古国交界，西与甘肃省接壤，南与宁夏回族自治区毗邻，东与巴彦淖尔市、乌海市、鄂尔多斯市相连。阿拉善盟地形呈南高北低状，平均海拔八百到一千四百米，地貌类型有沙漠戈壁、山地、低山丘等。土地面积为二十六万九千八百八十五平方公里。巴丹吉林、腾格里、乌兰布和三大沙漠贯穿全境，面积约七万八千四百五十七平方公里。全盟可利用草场为九万一千四百六十九平方公里。

有阿拉善山、雅布赖山、马鬃山、龙首山等山脉。

有额济纳河、牧人河等河流。

有吉兰泰、苏巴嘎淖尔、嘎西滚淖尔等大小二百余湖泊。

被森林覆盖，森林面积约三十六万亩。

有煤炭、铁、铜、铅、金、玉、云母、盐、碱等丰富的矿产。

有苁蓉、麝香、驼绒、羊绒、毛毯等特产。

汽车在这片历史悠久、富饶辽阔的阿拉善大地上驰骋，向车窗外望去，时而看见峰峦叠嶂、巍峨险峻的山上长着黑压压的树丛，时而看见沙漠边缘像神秘的原始森林一样的梭梭林。我们沿着这条路走了七个小时到了乌力吉苏木。跟我们一起的有一位同志，在五十年代毕业分配到这里的，他说当年他找了一位年长的向导，骑着骆驼从巴彦浩特出发，在这荒凉的戈壁走了七天七夜才到乌力吉苏木。今天我们坐在汽车里在公路上飞奔，不到七个小时就到了，这是多么大的变化啊！

我想，富饶辽阔的阿拉善定会日益繁荣发展，在通往四个现代化的道路上驰骋，在不久的将来实现伟大的梦想！

1984 年 5 月

故乡三猎

宝·福日来 著
包文学 译

宝·福日来

蒙古族，1942年出生。自1978年开始写作。出版七本散文集，计八十余万字。部分散文选入高中课本。出版七本学术著作，计四百余万字。作品获内蒙古自治区文学创作“索龙嘎”奖。荣获内蒙古自治区新闻界突出贡献奖并被授予金质奖章，《花的原野》杂志“功勋作家”称号。

包文学

蒙古族，1962年生。《内蒙古日报》社蒙编网络部副主任，中国蒙古语新闻网副总编辑。蒙、汉文采写的新闻作品多次获得全国和自治区新闻奖项，2011年汉语撰写的作品《我的幸福新闻之家》荣获内蒙古自治区新闻战线征文比赛一等奖，蒙译汉兼执行主编的《祖国各地蒙古族》一书荣获内蒙古自治区五个一工程奖。与人合作汉译蒙《地道战》等三十余部共二百多集电视剧和电影。

研究蒙古族地区的狩猎生活让人遐想颇多。特别是看到《史记·匈奴传》等史书里写到“儿能骑羊，引弓射鸟鼠，少长则射狐兔”，进行狩猎演习的记载，看到这些真有深究一番的冲动。研究历史和社会学的人们一致认为，在原始社会人们是以氏族为单位捕猎为生的。诚然，这成为当时社会存在的经济基础。随着社会历史的发展，人们将捕回来的猎物饲养起来便出现了畜牧业，狩猎也就变成了副业，其娱乐色彩和特点更加明显起来。体现这个转折时期的印迹，可从我们蒙古历史里记载的卫拉特（林区人）土尔扈特（草原人）的词汇当中清楚地看到。蒙古人从林区狩猎为生搬到草原放牧为主的过程，在社会发展看来便是巨大的飞跃了。然而，遇到灾荒之年，已搬到历史博物馆的这种生产方式就会起大作用，支撑着濒临灭绝的氏族部落向前发展。

在我们蒙古族最初的史书《蒙古秘史》的卷一里记载道：“孛端察尔无所食时，窥伺狼围于崖中之野物，射杀食之……以卒其岁月。”“及春，鸭来，饥其鹰而纵之，捕得鸭雁，枯树尽臭，乾木悉腥至不可闻焉。”又书：“一日，朵奔蔑儿干猎于托豁察黑·温都儿上，林中遇兀良哈歹人杀三岁鹿而烧其肋脏者，朵奔蔑儿干曰：朋友！将份子肉来。其人许之，遂自取其连肺朱勒都[1]与皮，将三岁鹿肉悉与朵奔蔑儿干矣。”将那时蒙古人狩猎为生的部分生活记载了下来。

关于蒙古人进行狩猎活动，在多桑的《蒙古史》里就有蒙古人远征时若断了干粮就狩猎来给养的记载；还有降服哪一国和部落后，举行盛宴时就进行围猎欢乐一番。特别是对于蕴含副业和盛大娱乐内容方面，就有以下记载：“《马可·波罗游记》（关于八十六大汗如何进行狩猎）中：可汗（忽必烈）三月从这里（北京）出发南行二日到大海边。如此行少则领驯鹰者万人，带五百只鹰外，还带多只雕隼。另外还带许多捕猎水鸟的海青出行……可汗始终乘坐四只大象挑担着的漂亮木轿出行……且挑选十二只鹰带在身边……跟随左右的贵族们高喊禀报：‘可汗，有鹤飞来。’这时，可汗掀开轿子的帷幔查看，望见鹤，选放心爱的鹰去捕鹤，鹰与鹤角斗一番终将把它捕获。可汗从轿子里欣喜地观看这个游戏，心情欢愉。”如此详细地记载了元朝大型狩猎活动的盛况。甚至于那时狩猎收获是国库收入的重要组成部分也有明确记载：“可汗身居大都期间……方圆六十里之内的子民按照大汗的旨意进行狩猎。依据这个指令地方官吏捕猎野猪、野鹿、黄羊、狗熊等大型野兽，把其中的大部分上贡给大汗……路途遥远不能上贡野味，代替野味上贡熟好的皮革。这些东西大汗用在征战的武器装备上。”

从蒙古人的狩猎记载来看，元朝的国猎是古今中外绝无仅有的盛大的狩猎活动。

从远古传承下来的丰富的狩猎经验厚积薄发，已普及为整个蒙古地区从老人到会骑马驹的小孩都习以为常的技能。

---

① 连肺朱勒都：指猎获物头部和气管、心、连皮四蹄部分。

小猎手的培训

从手能钩鞍韂、脚能蹬马蹬时起，一听到狩猎的消息便兴奋得睡不着吃不进，不时出去看马探犬迎接黎明的到来，那便是俺家乡年轻人的一大特点。在我们乡下，除春节和盛夏的那达慕外，没什么娱乐活动。因此，在二十年前，一决男儿本事的围猎也算一项高层次的娱乐项目吧。能骑二岁马驾驭自如的孩子出猎打兔子那是常有的事。但是要说这么小的孩子会射杀那是假话，只是让孩子们过过打猎的瘾而已。那射杀的训练不是在狩猎场，而是在村落中或沙陀上进行。到了七八岁，在大人和长辈的指点下找一片硬地练习打铁环。用父亲和大人们给弯好的细细的榆树布鲁[1]里外围打，或迎着、追着打飞出去的铁环玩耍，那便是在正式猎场上打狐狸和狍子的最好训练。当臂力大的大人抛出铁环时，十来个男孩儿拿着布鲁冲上去，就像雕鹫下兔子和狐狸崽子一样迅猛。从七岁开始训练到十四五岁，便训出许多指哪儿打哪儿的小猎手。近些年，我走遍东北内蒙古地区采访，在巴林、扎鲁特、阿鲁科尔沁等地才看到如此训练。打铁环是训练猎手的第一堂课，过了这个阶段后到沙丘上训练追跳兔。追跳兔是训练小猎狗的好办法。挖通白沙陀上的跳兔洞，往里喊话惊动它，它便从天窗“噌”地跳出四处逃窜。这时候小猎手们领上小猎狗紧追不舍。因为跳兔前腿短而尾巴长，所以它的狡骗能力极强，经验不足的小狗被骗扑向另外方向是常有的事。可是这些小东西也吃一堑长一智，为了不被骗扑空，它们就不盯着跳兔的尾巴追，而是学会了盯着跳兔的头去追，用不了追赶二三百米便扑到脖颈。

---

① 布鲁：也作布鲁棒，木制的猎具，多用于投掷。

这样驯服的小猎狗以后便成为不放过狐狸的好猎犬。为了迎合孩子们的童趣玩耍而进行训练的翌年夏天，当小兔子长大时进行小型狩猎活动，让小猎手和小猎狗们投入狩猎实战演习。在长辈和大人的引领下，十来岁的孩子们拿上细细的布鲁，领上喂大了的小狗围进柳条湾榆树沟，找到小兔子让小狗去追捕，就像一只只褐色的鹰一样迅猛。就像做檩子的树得从小开始修剪一样，经验老到的猎手也得从小培养起。

这样的培训，我小时候一个也没落下。可现在回想起已成为游戏的这些，不免思绪万千。看这些虽然像游戏，只是狩猎的训练而已，但深究起来，却蕴藏着古代军训的痕迹。

打狐猎

我家乡的狩猎活动，一般到了农历正月十六就开始春天的狩猎，到青草长出来畜群吃饱为止。秋天的狩猎，一般过了立秋十多天之后开始，等地冻狐狸和兔子的速度加快时为止。我虽然无数次参与过春天和秋天的围猎活动，但是十六岁那年秋天进行的那场狐狸狩猎在我脑海中留下了难以抹去的印象。

当草木发黄、初冬季节来临之时开始狩猎狐狸，打制革上好的狐狸皮便是我家乡的习惯。

狐狸这家伙一般出没在深山老林或灌木丛生的丘陵地带以及柳条苦蓬的沙陀地。但是狩猎狐狸的围猎地还是选择丘陵和沙陀地带最为合适。

在一次翁根沙陀进行的狐狸狩猎给我留下难忘的记忆。从四面八方集结而来的猎手们在翁根沙陀东南面十里地会合，随着骑灰白高头大马、英俊潇洒的巴拉吉阿爸马鞭一指，猎手们分两路展开，形成弓形围猎阵势。

正在观察狐狸的当儿，一只狐狸从长满灌木的沙陀南坡跑下，向前奔跑着极力想逃脱围猎阵口，但它被围堵过来的两位年轻猎手追到，狐狸甩尾后退却掉进了弓形猎阵。狐狸虽然跑进了围猎圈，但是大家谁也没有追杀它，猎阵的弓形状也没变。狐狸往东跑，东边的猎手们往里赶；它往西躲，西边的猎手们往里轰，几个回合下来，它精疲力竭，除了甩尾巴没有别的办法。此时，刚刚走在我左侧的小伙儿斯琴喝马加鞭，从一只快如闪电般的白狗嘴底下用布鲁打飞那只狐狸，又如老鹰捉小鸡般策马而来从马上倒钩抓起狐狸，向沙陀方向飞奔而去。

晌午时分，西北风转向东北风，猎队也逆时针方向旋转往东北方向顶风前行，但阵势依旧，从猎队脚下跑出的狐狸猞狸，一个都没漏掉。

黄羊围猎

黄羊围猎一般在春末夏初进行。过了春寒的黄羊吃饱了青草、膘肥体壮毛色发亮时，是围猎黄羊的最好季节。特别是秋末冬初围猎时，黄羊的肥美效益更显著。

在我家乡的巴日迪丘陵地带举行的黄羊围猎，是附近任何旗里都没有过的盛大狩猎。

跨过犹如黄龙横卧的阿拉迪沙漠，呼吸着清新的空气，极目远眺：在辽阔的乌力吉牧仁草原深处，似雄鹰展翅般的丘陵间，莫力庙三座庙宇的金顶在阳光的照射下熠熠生辉，飞檐翘起，与北靠的莫力罕山交相辉映，在宽阔的草原中间营造诗情画意的意境。在风景优美的寺庙背面，连绵起伏的丘陵叫巴日迪丘陵。据老人们讲，在此丘陵上有个叫巴日迪的敖包，敖包边每年举行旗那达慕大会。

在此丘陵上除了举行夏季那达慕以外，其他时间人畜罕至，因此正是黄羊繁衍生息的好地方。年少时，这里黄羊群来得黄黄一片，能铺满整个丘陵。给我留下深刻印象的黄羊围猎，每年的农历五月初五举行。五月初四的晚上，三个旗（扎鲁特旗、阿鲁科尔沁旗、科左中旗的北部）四个公社的万余名猎手，在太阳西下时就出发，各就各位露营。大约在夜晚十点钟左右，将一处东西南北方圆八十里地的丘陵围了起来。为了次日狩猎前不惊动丘陵上的黄羊，马嚼子用布缠好，猎狗也牵着走。猎手们占领各自的位置后摘下马鞍，绊好马，进入香甜的梦乡，直睡到第二天天亮。

五月初五，天亮前一个多小时，四面八方来的猎人们包围了巴日迪丘陵，打黄羊的猎围就这么形成。包围圈形成之后，一部分人进到里边放枪并敲打马镫，高声呼喊惊扰睡梦中的黄羊。此谓内围圈和主围圈。在内圈里受惊吓还没来得及撒尿的黄羊横冲直撞，跑十多里路便遇到外围圈的人。守在外围圈的净是些有丰富狩猎经验的四五十岁的猎手，他们狩猎黄羊技艺高超，一般不尾追黄羊，而是抓住黄羊定要绕过人们面前的特点，让目标黄羊群的领头公黄羊带群向猎手们靠拢，以弓形阵势狩猎。因为母黄羊和黄羊羔是跟随公黄羊奔跑的，所以只有追赶公黄羊来消耗整群黄羊的体力。就这样，有经验的围猎手们不但消耗黄羊群的体力，而且把黄羊群赶向打围的猎手跟前，趁着黄羊们憋不住尿停下撒尿的当儿，捕猎更多的黄羊。撒了尿的黄羊弓形奔跑，跑进围猎圈的时候，埋伏在各个方向的猎手们随着甩旗指令一拥而上，如猛虎和狮子扑倒猎物，似鹰隼叼野兔一样干练。在一场组织有方的狩猎活动中，人人都不会空手而归的。

打围的人们一般都是有快马和好猎狗的机智善战者。那次我在阿鲁科尔沁和扎鲁特两旗狩猎边界上正是打的围猎手。

从屯图格尔山那边突围几道防线的大肥公黄羊直奔我们而来。这时，人们都跨上骏马领上猎狗高呼“嚓！嚓”飞奔而入。被迎面而来猎手们惊吓的公黄羊偏西而去，却跑进了阿鲁科尔沁的围猎圈里。在对面山梁上勒马而立的一小伙子，如射出的箭一般飞奔而入，抽出杜井布鲁[1]对准黄羊的脖颈猛打过去，那公黄羊如闪一道白光翻滚倒地。从四面八方赶来的人们，像老鹰扑狐狸和野兔似的飞身下马，抓大腿的抓大腿，扯前腿的扯前腿，拔出随身携带的尖刀分割起来，几分钟的工夫把整个大公黄羊剖割完毕，只剩下头、皮子以及皮子上带的四蹄和肝肺。按阿鲁科尔沁的习俗，依据猎手们在猎物上下马动手的次序分配捕杀的猎物，还比赛骑术的高低哩。留给捕杀者头、皮子、肝肺是炫耀神枪手带来鸿运的象征。因此，谁都想驮着猎物的皮子和肥子进村去，年轻人亦如此。阿鲁科尔沁的这个习俗在《蒙古秘史》卷一记载的“朵奔蔑儿干林中遇兀良哈歹人杀三岁鹿而烧其肋脏者，朋友！将份子肉来。其人许之，遂自取其连肺朱勒都与皮，将鹿肉悉与朵奔蔑儿干矣”如出一辙。想必，这个习俗早在十三世纪以前就传承下来是再清楚不过了。建议这点应引起历史学家和社会学家的注意。

阿鲁科尔沁猎手这般分完胜利的果实，这时从栋梁上跑下来三只母黄羊。迎上去的猎手虽然很多，但是几条猎狗紧随其后，母黄羊来不及后退逃窜，正好围到了两个旗五六十号猎手的中间来。在栋梁上正好勒住缰绳立马的两个小伙子中的一位便起身策马进来，端起枪来打翻一只母黄羊，这时紧随其后的小伙子飞

---

① 杜井布鲁：铜锥弯头的小木棒。

身下马，抓起打翻在地的母黄羊后腿“哼！”的一声放到马鞍前鞒，又飞身上马往东飞奔而去。站在东岸的阿鲁科尔沁的猎手们打马齐上阵去追赶那个小伙子，阿鲁科尔沁和扎鲁特旗双方便发生了争执。扎鲁特旗的那位年轻猎手为了保住家乡的名誉，也是为了炫耀自己的坐骑和男人的勇猛，驮着猎杀的黄羊往东直奔而去。那小伙子到东边的山坳后把黄羊投给了来接应的人，骑马过来的那人把黄羊接过后抱在胸前打马飞去。

这般扔黄羊飞奔的场景多像哈萨克族的叼羊比赛啊！

黄羊围猎，在组织、捕猎阵势、分配猎物的戏剧性表演当中，藏有元代时围猎的痕迹，只在分配猎物的习俗上有所不同罢了。

野猪猎

在山岭多、原始森林茂密的我们扎鲁特境内有许多野猪。因此，考验男儿机智勇敢的野猪猎也是足够引起人们兴趣的狩猎活动。

秋末，当草木成熟松树柞树籽粒掉地时（一般野猪发情期来临之前），野猪膘肥体壮，这时狩猎野猪最有效益。每当这时，到野猪多有出没的山里围猎，或者十个八个勇猛的男士一起到险峻的大山里捕杀披了“铠甲”的野猪，那可真是彰显男士们胆量与技能的好机会。

夏末秋初，野猪开始穿起“铠甲”。秋日里，吃饱了的野猪们懒洋洋地在粗壮的松树上蹭身子，将骄阳下渗出的松香粘到身上，到冰窟边或溪流源头有沙子的地方一躺，裹着的松香上便粘上厚厚的一层沙子；当沙子松香与野猪毛粘在一起晒干时，野猪特别地瘙痒，这时野猪再去蹭松树粘松香再去滚沙子。这样反反复复，野猪身上带有松香的沙子积厚起来，就成了刀戈难以扎进的结结实实的铠甲。

因为铠甲越厚的野猪越肥，所以越成为猎手们的抢手货。夏秋最热的时候，野猪一般找到山里阴凉地带的灌木丛里休憩。秋末和冬天寒冷的时候，它会去找山里阳坡暖和的地方躺下。野猪喜欢出没在草木根须发达、籽粒丰富的地带，如果遇到了惊吓和危险，它会跑向险峰峡谷地带躲起来。

猎手们出猎时会选骑山地耐力极强的骏马，并且捕猎野猪的猎狗也要养上一窝。因为一窝狗亲密又团结，当猎狗们进攻野猪时若有一只被咬破肚皮受了重伤，那么其余猎狗就恨之入骨不要命地发起进攻。这样几轮进攻之后，看到有几条狗受了伤，其余的小狗就会退缩不发起猛攻，学着大狗咬住野猪的耳朵跳向另一方，或者咬住野猪的鬃毛跳到另一侧让野猪无可奈何。抑或咬住后蹄跟让野猪蹲坐。此乃小狗抓扑野猪训练也。

小公野猪的牙齿尖利可谓利刃，因此，它跑过的地方，套马杆般粗细的树木会被它咬得像秸秆横七竖八地撂倒，若从你的马后掠过，马尾像被剪刀剪掉了似的齐刷刷被咬掉一截。

这么厉害的野猪围猎由展围、围堵、惊动三方面组成。

所谓“展围”，是指为了防止野猪逃脱，从野猪逃跑的小径后面展开围住的人们。在“展围”环节一般派力气、骑术和狩猎技术中等的人就可以。

所谓“围堵”，是指迎合展围过来的人们围堵而上的猎手。这个环节的人们一般走在狩猎的前沿，拦住野猪跑向猪窝或险峰，因此，此环节要安排骑好马、挎好枪、领好狗的机灵的年轻人。

所谓“惊动”，就是指形成了展围和围堵阵势以后，狩猎当中安排力量和武器装备稍弱的长者和孩子们进来放枪高呼惊动猎物。

在离开家乡之前，在罕山的一次狩猎野猪活动中我做过一次“围堵”手。

从南山坡柞木林里受惊吓跑出来的一窝野猪，闪动着獠牙往险峰西北缺口处奔了过来。

看到猎物，按捺不住激动心情的年轻气盛的小伙子们向那群野猪策马而去。不一会儿，几条小猎狗被公野猪撕破肚皮摔在山崖上嗷嗷直叫，爱犬被咬破了肚子的哈达小伙子气炸了肺，他打马上前追赶公野猪，那公野猪顺势而躲，“呼哧呼哧”地后退蹲坐。哈达飞奔而来的快马未能刹住，从公野猪跟前蹿过的当儿，急眼了的公野猪往前一跃，把哈达的马胸扯开了一道大口子，鲜血淋漓的马重重地扑倒在地，而哈达恰好滚落在公野猪跟前。眼看着哈达要命丧黄泉，这时走在我身旁的老猎手朝格巴特尔放开牵着的猎犬，“嘛！”地一指，那条大黑狗飞也似的追上那头公野猪，咬住野猪左耳跳过右边，野猪像发情时的骆驼似的昂起脖颈拼命挣扎着。这时，朝格巴特尔的灰棕色马已飞到了公野猪旁，他飞快地跳下马，迅疾地跨上了公野猪，抽出刀子往公野猪的前腿内侧猛地刺去。

被刀刺了的公野猪越发疯狂，抛了球似的往山下跑了二三百米后支撑不住倒地死去。

狩猎野猪就是如此的冒险，而就在这冒险当中考验男人们的意志便是我家乡的习俗。因此，野猪猎最能引起人们的兴趣了。

狩猎野猪者就像朝格巴特尔那样，趁野猪未跑进险峰之前捕猎。否则，当大公野猪跑进山崖的狭缝中蹲坐了的话，即便有千万条好汉也无法靠近它。

回忆起故乡三猎，心情无比激动，就像电影情景似的在眼前清晰地一一掠过。这三种狩猎方式中就有古代布围猎的印记。甚至，从狩猎猎物的特点来布围阵、定围猎的范围和捕猎方向等印记，让人们想到许多值得研究的课题。

1983 年

寻觅者足迹

勒·敖斯尔 著
哈森 译

勒·敖斯尔

蒙古族，1941年生，开鲁县吉日嘎郎图苏木人。中国作家协会会员。出版诗歌、随笔、序文集多部。2010年出版《勒·敖斯尔自选文集》（五卷）。多次荣获内蒙古自治区文学艺术杰出贡献奖、全国少数民族文学创作骏马奖、内蒙古自治区文学创作“索龙嘎”奖、五个一工程奖等奖项。数篇作品被选入中学《蒙语文》课本。

哈森

蒙古族，1971年生。中国作家协会会员，中国翻译家协会会员。自1995年起在《诗刊》《民族文学》等报刊上发表蒙汉文学双向翻译、原创诗歌、文艺评论近二百万字，著有诗集《风的印记》。译著《巴·拉哈巴苏荣诗选》填补了蒙古国诗歌中文译本的空白，获首届“朵日纳”文学奖。

风沙起时，乡心就起

风沙落时，乡心却无处停息

——摘自席慕蓉《狂风沙》

“不管怎么说，我已在蒙古高原上，挤进了我们蒙古人当中……”一位中年女子正用汉语激动地讲着。她是内蒙古作家协会壬午年迎新茶话会上作为嘉宾出席的诗人席慕蓉！

她说自己“挤进了”！这是不懂蒙古语、蒙古文字，与家乡和亲人阔别已久的人回到同胞们当中才要说的话啊！她说起“挤进来”时，也提起了“挤进”“长生天杯”诗歌那达慕的感受，又朝我微笑着说：“昨天朗诵诗的那位不也坐在这里吗？”我也起身向她微笑致意。

她朗诵着那首《父亲的草原、母亲的河》。

几年前，她穿越了父亲的草原，蹚过了母亲的河！然而，她从父亲那里听说的父亲的草原已经老去，从母亲那里听说的母亲的河已经老去。她自父亲诉说过的父亲的草原采集了梦，采集了梦里的微笑。采集了父亲诉说过的传说，传说演变的风骨。她自母亲诉说过的河边采集了鲜花，采集了梦中的微笑。她采集了母亲曾采集的花朵，采集了滴落在花瓣上的自己的眼泪。

席慕蓉是一位画家！可她再也画不到父亲曾经形容给她的草原了！父亲形容的那片草原早已、早已消失了！那片草原的雨，那片草原的雪，那片草原的云，那片草原的风，那片草原的太阳，那片草原的月亮，再也不会出现在那片草原，再也不会！

席慕蓉是一位诗人！可她再也无法写到母亲曾描摹的那条河了！母亲描摹的那条河早已、早已干涸了！再也寻不到那条河的源头，那条河的岸，那条河的水，那条河的鱼，那条河的鸟！再也寻不到！

父亲的草原，母亲的河，只留存在她的歌声里，只留存在她的诗歌里！然而，它会成为蒙古人心中永恒的记忆。

身穿黑色正装、心地善良的这位蒙古女子在朗诵她的诗。哦，她朗读的不是诗，是她的心！她淡定、谦逊。她有着艺术家的风范，又有智者的光芒。此刻她离我很近，却又感觉很遥远！

她戴着一副金丝边眼镜。眼镜没能掩饰她思念父亲的草原母亲的河的忧伤。

她的眼，是蒙古人的眼神。而且是踏上寻觅之途的蒙古人的眼神。她在找寻父亲的草原，她在找寻母亲的河。她细数着一切，又盘点着一切。然而，她的眼里不是泪水而是思绪在晶莹。

席慕蓉作为嘉宾礼节性地出席今天的茶话会，说是要乘今晚的航班返回。我想礼节性地打个招呼，走过去跟她作了自我介绍。她身旁就座的巴·布林贝赫先生向她解释我在诗歌那达慕中的名次，这让我感到有些尴尬。正在此时，席慕蓉女士握着我的手，仿佛见到了故人一样，说：“咱俩得拥抱一下！”

两个蒙古人相见了！短暂的相见，仅有只言片语的相见。我想对她说：“在我的书架上不仅有你的书，还有你从哈喇和林捡到的瓦片……”然而我还是没来得及说出口。

席慕蓉说声再见，与大家道别！

在那遥远的海岛上像旋风一般腾起的蒙古族诗人席慕蓉的诗！我不由遗憾，相识的这一刻来得有些迟。不过，还是相信我们后会有期！

席慕蓉走了。寻路上的人留下了足迹，走了……

从呼市回来没过几天就到春节了。

壬午年大年初一午时，家里的电话铃响了。

“赛音拜努[①]！赛音希讷勒布[②]！”一个女士的声音传来。是谁呢？这声音似熟悉，却又很陌生。

“赛音[③]！您过年好啊！”

“赛音！我是席慕蓉！”

“接到您的电话，很高兴！您的蒙古语说得真好啊！”

“是吗？前不久在北京学的几句，现在用上了！”

说了几句拜年的话，她又说起了关于“长生天杯”诗歌那达慕的话题：“我又想起了在呼市的诗歌那达慕。您参加了诗歌那达慕，让诗歌那达慕更有分量了！您若没参加，肯定就是一个普通的青年诗歌大赛了！”

“是您的参与那达慕更有意义了！”

“我也是冲着诗歌去的！”

“听说您最后朗诵的诗歌特别好。刚才跟中央民族大学贺喜格套陶克陶老师通话，他对您的诗歌赞不绝口呢。我不懂蒙古语，真可惜。不过，韵律是能听出来的！我们的蒙古语韵律真美啊！真好！真好！我以前不懂蒙古长调为何那么扣人心弦，这

---

① 赛音拜努：蒙文音译，您好。

② 赛音希讷勒布：蒙文音译，过年好。

③ 赛音：蒙文音译，好。

次去内蒙古见了歌唱家阿拉泰，请教她之后终于明白了，关于这个，我想写点东西！”

跟这位血液中流淌着对于蒙古人、蒙古文化无限热爱的蒙古人交流，感受到了珍爱蒙古族所有的一切，找寻蒙古族曾有的一切的敏感的心灵和温暖的爱，这不仅仅体现在她流淌的眼泪，更是闪耀在她内心深处！而且，她对于人文的理解，不仅仅是站在蒙古高原，更是站在全人类文化的高原在观察，她的心灵如同她父亲的草原一般广阔，如同她母亲的河流一般清澈，没有谁不折服于她的大智慧……

我们在电话里聊了很久，很美好。话语像是壬午年初春的细雨一般，连绵不息……我们在聊关于蒙古诗歌、蒙古歌曲、蒙古文化。

“今年是马年，是蒙古人的马年！一定是一个水草丰美的年头呢！您回来看看父亲的草原母亲的河吧！”

“回，回！很奇怪，也很美妙！我一回到蒙古高原什么都变得吉祥、什么都变得那么顺利了！”

“那是一定的！从骨子里热爱蒙古族的人，无论身在何处，祖先英灵安息的蒙古长生天定会保佑她！”

“原来是这样啊！难怪呢！”

我俩的拜年电话持续了一个多小时。这样吉祥而美好的话语，即便天涯也清晰，即便天涯也感觉近在咫尺。

“再见！”

“再见！”

我和席慕蓉捧着心灵的哈达穿越时空一见。这条哈达会长久如新，这条哈达会飘扬在壬午年的吉祥结上，穿越一个甲子年。

2002 年春节

与喜鹊的故事

特·官布扎布 著

雅茹贵 译

特·官布扎布

蒙古族，1957年生于通辽市库伦旗。中国蒙古文学学会副会长、中国作协全国委员会委员。现任内蒙古文联主席。出版母语诗集《放牛娃》《蓝天飘云》等、汉译作品《蒙古秘史》。著有3D纪录电影《长城》脚本，电视纪录片《蒙古秘史与成吉思汗》脚本等，以及多部蒙汉双向译介作品。获内蒙古自治区文学创作“索龙嘎”奖、“朵日纳”文学奖、全国少数民族文学创作骏马奖等奖项。

雅茹贵

蒙古族，1985年出生于呼和浩特市。2012年毕业于内蒙古大学哲学院马克思主义哲学系。现于远方出版社担任蒙汉双语编辑。《水之心》一文获八省区首届“八骏杯”大学、中专、中学生蒙古文文学作品大赛第二名。参与编写《蒙古风情读本》，参与翻译《蒙古秘史》绘图本等。

一对喜鹊是这样飞进我生活里来的。

三年前的九月，新房的钥匙终于发下来了。一家四口，五十平方米的房子，每天早上争抢卫生间的生活，的确让我对新房子有些急不可待。那时，爱人刚好退休在家，我就鼓动她装修新房子。她认为这是男人做的事，显得有些犹豫。我说现在的装修只是个用心的事，根本不用你自己去做。再说男人粗心，往往装修出很多的家庭口舌。她觉得这话有理，沉默片刻后便答应负责新房的装修。其实，她也知道这事根本指望不上我，犹豫一下是为了让我说更多的好话。

我们蒙古人有这样一句话：视被窝大小，伸自己腿脚。如今的蒙古人习惯用这个道理规划自己的生活。我们装修的原则也很明确，就是量力而行，冬暖夏凉，不为难别人，也不麻烦自己。爱人进入角色还蛮快，不几天就勾勒出了一个新家的大致。值得高兴的是还给我设计出了一个看书写字的专门空间。

一天跟着爱人去看六楼的这套装修中的新房，爱人径直走到窗前，推开窗子叫我过来看一下。我走过去一看，看到了在窗外的铁架子上杂乱地堆放着一些细粗不等的铁丝团和干树枝。她说，这是正在修筑的喜鹊窝，一对喜鹊与她请来的装修工前后脚来到这里，在我们家放空调外置设备的铁架子上开工筑巢了。装修工今天差点把它拆掉。如果不拆，空调外置设备就没处放。爱人问我："拆，还是不拆？"

我马上想到了强拆，想到了因为强拆正在失去家园的乡亲们，因为强拆正在形成的新的复杂的矛盾形态。官员们为何不能从老百姓的角度去规划发展呢？由此导致的不满和怒恨该怎样去解读和化解呢？喜鹊倒和人不同，也不怕它怒恨什么，但我不经思考就说："不拆！"爱人说，她也是这样想的。于是，我们家里家外的两个装修工程相安无事地进行下去了。

小时候，住农村土房，房檐下有很多麻雀窝，清晨常被叽叽喳喳的声音叫醒。春天时，燕子也飞来，屋里屋外随意筑巢。那时候，我的想法和花猫的想法差不多。但现在不同了，我想喜鹊既然选中这个地方，肯定有它的道理。与其拆掉，还不如把那点地方让给它，顺便也沾沾喜气。再说，喜鹊在自家窗台下筑巢，也觉得稀奇和吉利。有了这样的想法，注意力自然就转向了那对喜鹊和它们正在修筑的窝。平时，下班回家都和爱人打听一下它们的情况，一到周末自己就跑过去以帮忙的名义观察喜鹊筑巢的情况。

说喜鹊笨，一点都不冤枉，它筑的这个巢没有什么形状可言，就在那个长方形的铁架子里杂乱无章地堆放着不断衔来的铁丝团和干树枝。在我的印象中，喜鹊窝应该是用干树枝来修筑的，可这对喜鹊把旧铁丝团和树枝都用上了。在这一点上，可称它们为因地制宜的高手了。筑巢的这两只喜鹊，每当衔来粗长的树枝和成团的铁丝，都要叽叽喳喳一阵子，然后才拽来推去放到认为合适的位置上。有时也会出现意见分歧，树枝铁丝掉下去了也不再捡回来。

因为装修得简单，所用的涂料可能也简单了一点，完工后满屋的异味特别大。朋友们提醒我，那个异味就是甲醛，对身体很有害，劝我一定要消散好异味后再搬进去。为了健康，我特别听话，等了一个月又一个月。可是，那对喜鹊没有这个意识，巢筑得差不多就已经乔迁入住了。这时，我突然觉得也应该关照一下这两个小东西。于是，我们决定平时不开对着喜鹊窝的那扇窗，只找一些风大的日子开一开。这样，我们处理异味的工作延续了半年还多，虽然有些心急，但看见那对飞来飞去的喜鹊就无所谓了。

第二年的五月，异味终于散尽了，趁长假休息我们搬进了新家。搬进来不久，我们就发现那对喜鹊开始孵化小鸟了。因树枝、铁丝团等挡着，我们一直未能看清窝里究竟有几个喜鹊蛋，只看见它们俩轮流地卧在上面，尽职尽责，片刻不离。六月初的一天早上，女儿惊喜地告诉我们："喜鹊窝里有小喜鹊的叫声了。"闻声，我们一个一个地走过去倾听和观看。小东西的确孵化出来了，一个略显沙哑、微弱而快频率的声音不断从窝里传出，已为父母的两只大喜鹊全在窝里，一边大声地乱叫着，一边围着一个小黑点不断在晃动，好像一对没有经验的年轻夫妇，面对突然出现的新生儿不知所措。小东西成长得还蛮快，不几天就能在窝里爬来爬去了。

因搬了新家，亲戚朋友们陆陆续续前来贺喜。他们一来，我们无一例外地介绍一下新房的格局，然后就把他们领到喜鹊窝的旁边，把喜鹊巢居的事当成家里一件新鲜事加以介绍。每当打开窗户，人的吵闹声传过去后，窝里的小东西就大声地叫闹起来，好像在讨要什么。一到这时，两只大鸟立即就飞过来，既不钻进窝里也不落到窝上，而在周围上下不停地盘旋。看过后，客人们都觉得很稀奇，断言这绝对是吉祥之兆，劝我好好养着它们。由于美好是我们人类不能拒绝的期盼，人们的赏识和吉祥祝福使我对这一窝喜鹊越发在意起来。不久后的一个周日上午，我正趴在桌子上写点东西，突然听见喜鹊们杂乱的叫声。回头一看，已长成拳头大的雏鹊走到窝顶上高一脚低一脚地走着。两只大的左右前后地转来转去，不停地在叽叽喳喳着。看来，两只大鸟很着急，正在努力将小东西往窝里撵。可是小东西就是不听话，老是往相反的方向挣扎。为不惊扰它们一家三口，我悄悄起身走了出来，把宁静和自由留给了它们。过一会儿，吵闹声没有了，过去一看它们已经不在窝顶上了。

随着雏鹊渐渐长大，它走到窝顶上，跳到窗台上散步的事情就多了起来，有时它的父母跟在左右，有时却放手不管了。这时我们意识到小东西就要飞走了。果然不出所料，有天早上我和爱人出去锻炼，从楼前树下走过时看见它们仨正站在那棵树上，叽叽喳喳地叫着。我俩开玩笑说，喜鹊父母这几天可能正领着孩子走亲串门，去与各路亲戚相认呢。那天下班我回来得有点晚，进家时快要八点了。爱人见我就说：“你那走亲串门的小喜鹊已经飞不动了，就在楼下飞一下跳一下地扑腾着，有两只猫紧紧尾随着它，可有一阵子了。”我说：“那就麻烦了，小东西可能要被猫吃掉……”

爱人不等我说完话，直接将我拽到阳台前，指给我看正在斗智斗勇的猫和喜鹊。我顺着她手指的方向看过去，只见小喜鹊在楼下的花草和树丛间跌跌撞撞地跳着，它的后面不近不远地跟着两只毛色深浅不一的花猫。它们的上面还叽叽喳喳地盘旋着四只大喜鹊，那叫声杂乱而急切，好像在呵斥那两只猫远离小喜鹊。这时一只猫紧跑两步向小喜鹊靠了过去，见此情景两只大喜鹊马上俯冲下去反复冲击那只猫。那只猫很是无奈，便摆动着尾巴不紧不慢地向一边走去。与此同时，另两只喜鹊也没有闲着，也把另一只猫赶向了别处。不一会儿两只猫又回过头来跟上小喜鹊，四只大喜鹊又是一阵俯冲急忙赶走那两只恶猫。它们的较量就这样反复着，我揪心地站在那里看着，突然才明白咱家的两只喜鹊原来叫来了两位朋友在帮忙啊！

不知不觉间天色暗下来了。爱人有些着急，认为再不管它，小东西就会被吃掉，便和我商量："能不能把小东西抓上来放进窝里？"我说："抓是没问题，只怕沾上人味后它会被父母遗弃。这是小时候从大人那里听过的道理。"爱人说："那也比眼看着它被吃掉好吧！"边说边找出一双白手套说："这回没事了，下去把它抓上来吧！"我快速跑下去，从一个小树坑中把它抓了上来。这时的小喜鹊已经精疲力竭，除了张一张嘴连声也叫不出来了。我小心翼翼地打开窗户，俯下身去，伸手将小喜鹊放进窝里。随后又从电饭锅里抓起一把米饭撒进它们的窝里，希望小东西能吃上几粒，存继它微弱的小生命。

天色已经很暗了，但是小喜鹊的父母没有回到窝里来，仍在我抓到小喜鹊的那个地方撕心裂肺地叫着。我们巴望着小东西叫出一声来，让它的父母回到窝里，不再担心和绝望。可是小东西就是没有一点声响，父母仍在那里叫着，直到十点多后才慢慢停止了叫喊。但它们没有回到窝里来，可能就守在那个地方过夜了。

那一夜，几只喜鹊的命运成了我最大的牵挂。我几乎是倾听着小喜鹊的动静熬过了一夜。大约是凌晨四点多吧，天刚刚开始泛白，喜鹊父母就在过夜的那个地方开始叫喊起来了。我静静地躺着，心想，这时小喜鹊若是能叫上一声该有多好啊，因为我明显地感觉到喜鹊父母的哀伤和绝望。可是，小喜鹊仍然没有动静，没有任何的回应。我开始有了不祥的预感，越发忐忑不安起来。约在六点十分左右，从喜鹊窝里突然传出了气力较足的喳喳叫声。几秒钟后，喜鹊窝里就有了密集、杂乱而激动的叽喳声。

我们知道这是悲极而喜的狂欢，是父母与孩子生死再见的言语。我爱人缓缓地舒了一口长气道："阿弥陀佛，这下好了！"

这下真的好了，几天后小东西可以毫不费力地飞起来了。开始时，它跟着父母早上飞出去晚上飞回来，可再过几天后就不见回来了。只有那对大喜鹊仍旧还回来，仍旧还时而在屋顶、时而在窗台、时而在斜对面楼顶上站上一会儿，叫上一阵，告诉我们它的存在和亲近！

为使这对喜鹊更有家的感觉，我买来些玉米糁儿，第二天早上当那对喜鹊站到斜对面楼顶叽喳叫起时抓起一把撒到窗台上。晚上回来发现玉米糁儿被吃光了。于是，我每天早上在窗台上撒一把玉米糁儿，供它们随时食用。有时它们站在那里看着，有时还迫不及待地叫上一阵。可是，不知它们是心理素质差，还是偷吃他人东西总有那么一点不好意思，直到现在它们都像小偷一样趁我们不注意才来狼吞虎咽地啄食……

看来，心灵是人和动物最远的距离啊！

2014 年 2 月

吾弟斯日古楞

纳·松迪 著

海日寒 译

纳·松迪

蒙古族，1941 年出生于科左后旗。创作诗歌近三百首，代表作有《忆·坟·鸟》《荒漠中的嫩草》等。出版有《云》《爱的露珠》等翻译或原创诗歌及散文集。荣获内蒙古自治区文学创作“索龙嘎”奖和国家少数民族文学奖。1994 年逝世。

海日寒

本名丁玉龙，蒙古族，1973 年生。内蒙古大学教授，内蒙古文学翻译家协会副主席，中国作家协会会员。从事蒙汉语诗歌创作，作品散见于《诗刊》《中国诗歌》《民族文学》等刊物，著有蒙文诗集《遥远的雪山》（2007 年）、汉文诗集《一个人的穿越》（2011 年）和《空山集》（2015 年），电影剧本《圣山》（2009 年）。诗歌《死城》获《诗刊》诗歌奖。蒙译汉、汉译蒙翻译作品数十万字。组诗《北方的蒙古村落》入选高中蒙古文教材《阅读》本。

花叶是季候的使者，春生秋落。而人生没有冬夏之分，来去随缘。美好的情感作为生活的花束，时而绽放，时而凋零。于我心中，既不盛开又不凋零的花朵是吾弟斯日古楞。

那是我升入初三的冬天，为毕业生摸底，学校让每人填了个表。于是我将家庭情况自父母以降兄弟姐妹七人姓名年龄一股脑儿填进去。我们班长叫额尔德尼巴图，肤色偏黄个子不高，人虽耿直，但性情调皮口无遮拦。额尔德尼巴图父母就生了他兄弟俩，所以他对人口众多的家庭不够了解，甚至有些厌恶。我俩性情不和，加之生活水平有贫富之别，所以总是说不到一块儿。然而说来也倒霉，分宿舍时他竟把我拉到他的屋。我们七个人睡一个炕。交表格的那夜，额尔德尼巴图一回宿舍就开始公布谁谁家十七口人，谁谁家多少孩子，笑话有个女同学竟然填了姐妹十一个，张开十个手指用下颚数着数，“哇！莫日根她妈不知怎么把那十几个东西生出来的？一年生一个也得用十二年啊，还用得着起什么莫日根啊、斯琴啊、乌然啊、萨仁啊什么的，干脆就叫鼠、牛、虎、兔……猪、狗得了，哈哈哈，生十个娃的妇女干脆都叫母猪算了，我们家那头母猪一窝儿最多才生九个崽！”说着笑得前仰后合。每次卧床铃一响额尔德尼巴图就给我们宿舍点名。从一侧一二三……数到七，“喳，孩子们全来了，现在睡觉。”说完，突然心血来潮道：“咱们松迪家据说也是兄弟姐妹七个呢，要是在炕上躺成一排，正好跟我们这窝儿一样，哈哈哈！”说着躺下，那帮人也哄笑起来。或是因为感激他没把我当成“猪仔”，或是没有找到合适的反击词儿，我没跟他一般见识，心里自知兄弟多是罪过，也就悄没声地过去了。

几天后家里来了信，是从我姐那儿寄的。信里说了今年的庄稼后又写到“我们又添了一个弟弟”。读完心里怪别扭的，这个弟弟的到来，特别是降生到我家的事儿，没给我带来喜悦，反而徒添了几许烦恼。而且正好是调查家庭情况的节骨眼儿上。不如实写的话表格不全，关系到以后的补助补贴什么的，再说一样是兄弟，把最小的落下，实在说不过去。写呢，这个额尔德尼巴图咋办？犹豫了几天，找额尔德尼巴图后知道表格已交到学校了，暗里高兴，没了内疚感。我那可怜的弟弟就这样没能进入我的家庭表格。

弟弟叫斯日古楞。名字是我大弟弟起的。大弟弟的小学《数学》课本是内蒙古教育出版社出的，编后记里有“斯日古楞翻译”字样。大弟弟觉得“斯日古楞”这个名字好，也崇拜翻译者是大文豪，就起此名祝福弟弟聪明伶俐。

寒假回家时斯日古楞还在摇篮里，再说放假后家里姐妹聚了一大帮，哄弟弟的差事轮不到我。或者我暗暗觉得斯日古楞是个累赘吧，不愿接近他。

第二年寒假回家时斯日古楞穿了一件花纹薄棉袄坐在炕上。因看我眼生，慌忙向炕角畏缩。那一冬天我和斯日古楞混熟了。亲骨肉毕竟不一样，我近看发现弟弟是个漂亮孩子，白皙的脸庞，乌黑的头发。轻抚着那头秀发，感觉到“丝般柔顺”的含义。一双忽闪的大花眼，嘴鼻眉耳都生得和谐，难怪村里人都赞这孩子以后是个俊小伙。谁知道呢，也许是自家弟弟看着眼顺，或者像我们这偏僻地方，像我们这贫苦人家自个儿感觉着漂亮吧。于是我们几个一有闲暇就喜欢抱着斯日古楞摆弄。母亲阻止我们说，孩子老抱着会惯坏，你们几个回了学校，谁再抱他呢。斯日古楞见我们就张开双手向前挪，见没人理，就懂事似的知趣地抽回两手，在原地静静坐着。好像早已明白自己“多余人”地位似的。有时我外出进门后用冷手去摸他的脸，虽然他惊一下却不跑不避站在那里。有时我亮起食指指着他柔软的顶梁盖吓唬他，他会闭上眼睛调皮地跟我逗笑。

那天我忙着赶在除夕前糊只灯笼，这时父亲指使我去给马添草料。当我回来时斯日古楞竟然把灯笼全撕了，提着灯笼架子炫耀似的蹒跚着转向我，“给给”叫着递给我。还把做芯的蜡捏成一团。我气得指着他手里的蜡说：“这是糖啊，你吃吧。”他半信半疑地送进嘴里。我慌忙用指头摁住他两个酒窝抠出蜡时，他显得非常委屈，坐着撇嘴哭起来，用小手的食指不时地擦着眼泪。这个事儿让我后悔了好长一段时间。

我的寒假接近尾声，马上开学了。我去通辽前抱起斯日古楞时，他依老规矩抓起我上衣口袋的自来水笔，想抽出笔帽。我赶紧从母亲给我预备的煮鸡蛋中拿出一颗塞到他手里，要回了笔。这时正赶上其他弟弟们跑进来，我将鸡蛋从斯日古楞棉袄的前胸塞进他怀里，还没冷却好的鸡蛋烫了他娇嫩的皮肤吧，斯日古楞疼得在炕上跳了起来，虽然脸憋得通红，眼里淌出了泪，却没有哭。我也慌忙从他怀里掏出鸡蛋，斯日古楞勉强冲我呵呵呵地笑着。

返校之初非常想家，特别是斯日古楞。一旦其他弟妹们回了学校，阿妈到生产队上工，就把斯日古楞一个人关在家里。有时候他从窗户看见在远远野地里觅食的狗，会害怕得大叫，或听见在外屋偷吃奶食的猫发出的声响也会无助地哭。一想到这我心里就很忐忑。但是我那时候的老师们个个都凶神恶煞似的，这种畏惧让我放弃了想家的念头。

四月中旬家里来信说母亲病得很重，希望我回去一趟。我请到了周六早回家、周日晚返校的假。虽然为母亲的病情忧心，但回家与弟妹们相聚也不失为高兴的事。我为他们买了几个烧饼、几块儿糖，从通辽坐火车向南到伊和塔拉站下车，向家一路飞奔。寒食时节的沙原虽然还是一片浓黄淡绿，但春意依然沁人心脾。

到了家阿妈正好在院里。她气色很差，见我回来虽有几分回转，但病情并无大的改观。阿妈是吃了一辈子苦的人，能忍受任何不幸，从来不把病痛当回事儿。我们几个大的都出去上学，剩下的几个都是累赘，阿妈自己不动谁去帮忙呢？

我问阿妈是什么病，哪儿疼？阿妈只简单回答没事，不舒服罢了，还是老毛病之类的。知道阿妈的病不是十分严重我就放了心，于是想跟斯日古楞弟弟逗乐就先于母亲进了门。炕上干干净净，被褥也是平平整整的。扔得到处都是的斯日古楞的玩具也不见了，斯日古楞没有踪影。以为他跟我躲猫猫，于是门后褥下查了一遍，都不见。

斯日古楞呢？问阿妈。

你弟弟没了。阿妈的话虽然轻而简短，但声音是哽咽的。

我心里咯噔一下，眼前一片黑，泪水涌出。我背过身向壁站了很久。

关于弟弟阿妈一句没提，也没说别伤心之类的话。

我的斯日古楞啊，兄妹里最小的，生得最漂亮的，在害怕猫狗的年龄里，还没来得及向人类报名，从门缝里伸出头只望了一眼人生的边角，哭了一声，笑了一声，未来得及理解什么、得到什么，就悄无声息地返回了大自然。来到这个世界，本来想寻见的那些人你还没来得及认识、熟悉，就一个人孤独地走了。很长一段时间我一直责问自己，这是不是我没有登记他的过？不管怎样他应该埋怨我，因为那次我没有登记他。

我们小时候的玩具，阿妈总喜欢放在门后的小筐里。趁着阿妈出去的当儿，我拿出来一看，有被磨得锃亮的梨形葫芦、一匹掉了轮儿的木骆驼、已经熟红了的羊踝骨、红铜环、子弹壳。这些就是斯日古楞的遗产，他把这一切留在家里，自己走了。

斯日古楞是患肺炎没了的。本来不是什么大不了的病，但在那饥馑的、“跃进”的、公社化的年代，还没有战胜肺炎的技术、能力和心思，这个小小的生命便成了它的牺牲品。正因为如此吧，斯日古楞直到断气在母亲怀里也没有闭上眼。阿妈用手掌帮他合上，给他嘴里含了一小撮炒米、一点黄油、一只翡翠耳坠子，希望他在世上富足无忧。据说斯日古楞高烧时想喝糖水，母亲也想最后给他嘴里放点糖却没有找到。那是个无糖的年代。连个穿戴都没有，母亲从箱底翻出一小块青布缝了个护肚给他穿上，身下垫了我小时候的褥子，用卢黄草束起来抱到野地里。在荒村昏暗的灯光下，我的斯日古楞望了最后一眼咱家，便从阿妈怀里向阿爸怀里，从艾里向沙地里，从生活向死亡里，永不回头地走了。弟弟惧怕黑暗，却正是在子夜漆黑中走向了永恒的黑暗。弟弟惧怕猫狗，而今却走向了荒禽野狗的口喙。

第二天我需要返校。问母亲弟弟放哪儿了，母亲说你父亲为了避讳天犬的祸向西南方去了，估摸着放到荒草葫芦洼了吧。本来我想去西北边伊和塔拉坐火车，眼下决定向西南甘旗卡方向出发。直到我爬上西南边的沙坨子，母亲还站在门口。我下了坡到沙陀隐蔽处就开始在沙窝荒草里左奔右跑找斯日古楞。不出所料，在一片柳条洼的沙丘上我“碰见”了斯日古楞。斯日古楞头戴白巾，裹着青色护肚躺在花褥子上，连个袜子都没有。想来因为久不“归天”，父亲来解开了卢黄草，让冤魂早早托生。那白脸庞蒙了一层灰，眼窝陷进去了。我在斯日古楞身边坐了一会儿，觉得在他身旁多坐几分钟当个伴儿也算是一种赎罪，会感到些许安慰。但我还是要走的，活下来的人还要赶自己的路。生与死的距离有多远？在哪里分道扬镳？斯日古楞我俩要在这沙窝里永别了。他一九五七年秋来到我家，一九五九年春离开世界的。我俩虽然生为兄弟，但只三个假期里在家见了三次面。这次是第四次。不过这次是在野地里。我给弟弟们带的糖还留着一份儿，我从口袋里掏出三块儿并排放在斯日古楞的头边。斯日古楞总是喜欢玩我的自来水笔，于是我就把笔放在他头的右侧。之后我起身望了他很久，又抬头望了望天，记下了近旁的一株铁蒺藜树。我走后与斯日古楞做伴当标记的只有这棵铁蒺藜树呀，虽然满身是刺又能怎样呢，那是大自然的造化，春暖大地后幼蒺藜发芽又开始一春秋，它会诉说我弟弟的不幸，唱给全世界听。我快步离开了。本来下决心不回头的。可爬上沙坡后，不由自主地回身望去，在一片草木丛中看不见斯日古楞，而那一株枝杈笨拙的铁蒺藜树却用残手断臂向我招呼，它是说让我快点走呢，还是告诉我斯日古楞有话说，让我回去呢？不知道，总之它让我难舍难分。

1992 年 3 月

诺贝尔暗红色的石头

达·查干 著
胡日查 译

达·查干

蒙古族，1949年出生于锡林郭勒盟苏尼特左旗。内蒙古作家协会会员、内蒙古民间文艺家协会会员。著有多部学术研究和文学作品。曾获内蒙古自治区文学创作“索龙嘎”奖、全区学习使用蒙古语文先进个人奖、内蒙古自治区民间文艺“萨日娜”奖等奖项。

胡日查

蒙古族，1970年生于扎赉特旗。内蒙古文学翻译家协会理事，内蒙古摄影家协会会员，呼伦贝尔市翻译家协会副秘书长。自1986年开始用蒙文创作诗歌、小说。在《呼伦贝尔》《花的原野》等刊物发表作品，计三百余万字。著有小说集《心灵的翅膀》。三次荣获呼伦贝尔市文学艺术骏马奖，2014年荣获“呼伦贝尔十佳翻译家”称号。

家乡的暗红色石头，没获得过诺贝尔奖，未来的世纪会承认诺贝尔奖就是我家乡的暗红色石头。

我是从戈壁暗红色石头那里学到了蒙古祖先的文化，并是将真心、信念赋予石头的蒙古民众中的平凡一员。属于我心爱的家乡千万自然奇观之一的岩石，在我心目中格外亲切，这一切皆有原因可循。一九八四年腊月二十三那天，我骑马去了自己的出生地巴彦郭勒。在寒冬腊月里，这座温暖的秋营地包祉[1]用把我接生到这世上的慈母深厚如乳汁一样圣洁的爱，寻觅着远行的孩儿，迎接了三十七个春秋。在我的感觉里蒙古包圆形包祉还是原来的样子，火撑子[2]的位置上还散发着热气。想到我刚来到这个世上时，是这个包祉的土第一次亲吻我绸缎般的额头，我就热血沸腾，如同畅游在无边的爱的海洋。我绕着我出生的蒙古包包祉顺时针转三圈的时候，看到儿时玩耍的七色石头还在原来的位置上到处散落着，虽然经历了岁月无情的践踏，却没有随着时间的

---

① 包祉：蒙古语“Buuchi”的音译加意译。意为，搭建过蒙古包的位置，如果说“我出生的包祉”，就是指在我出生时我家的包搭建在这里。蒙古人视自己出生的那片土地为特别神圣，一生都会牵挂着那片土地。

② 火撑子：放置在蒙古包中央熬茶煮饭的支架型炉子。

流逝而改变原来的模样，这是多么神奇的一幕啊。眼前亲切的这一切，把我带进了孩童时代无邪的境界，我开始整理摆弄儿时的用石子摆的房子、石子玩具，心中感觉到从未感受过的幸福和快乐。冬天正午的太阳暖暖地照着，我从火撑子位置上拾起一把土和一块白色石头一同包进哈达揣进怀里，这时三十七年的动荡岁月仿佛电影一般浮现在我眼前，竟让我忘记了回去的时间。儿时真实的回忆——是在这世间认清自己位置的幸福之首。用欣慰的目光望着从充满正能量和心劲的大地之岩石学会如何在世间掌握生活的智慧、已经长大成人的蒙古孩子，我出生的蒙古包包祉，儿时玩耍的石头子……依依不舍地送别时，暗红色岩石下的巴彦郭勒，用母爱亲吻我、迎接我的蒙古包包祉！为拥有在岩石和纸张上记载了千百年的英勇子孙而无限自豪，永不熄灭的信仰之光照耀下的戈壁岩石上镌刻成历史供后来者瞻仰。

在爱的吸引力中每一座岩石都被神化成十三世纪的马蹄声，人民耸立成蔚蓝色山脉上永生的暗红色岩石，转变成广袤原野上的勇者们生机盎然地迎接未来世界的冲锋号，回荡在湛蓝的天空下。

离别了古老的圣火和召唤福祉的包祉，我开始进入了回程，合着骆驼稳健的步伐享受着远处青青的山脉、戈壁梦幻般的景色所带来的心动，作为多岩之地的孩子心中是那么的安详、惬意。阿爸用来占卜的四十一颗石子、额吉供奉的暗红色圣石、拴在哈那[①]旁的磐石、放牧羊羔时为我遮阳的岩画石、骑马时垫脚的那个形似箩筐的石头……好像都一个个地出现在我眼前，我又回到了孩童时代一样。突然想起我头一次骑马参赛的事情。那年我刚刚八岁，因为头一次骑马参赛特别紧张。我骑着高个子粉嘴黑

① 哈那：蒙古包毡壁的木质支架。

马，起跑不久我的坐骑就脱颖而出，和后面的马拉开近千米的距离，突然马鞍开始歪斜，我赶紧勒住缰绳下马整理。可是想再次骑上去时发现自己的手根本就够不着鞍韂，想蹬马镫上马，兴奋过度的坐骑绕着我不给我蹬上的机会。正在我骑不上着急时，后面的骑手们赶上来，好几匹马很是拉风地超过我们。我急得几乎要哭出来时，突然看到旁边有一个酷似扣着放的箩筐的岩石，好像在默默地等着我，我急忙踩着它骑上了马。还没到赛程一半我的坐骑就赶上了前面的马并超过了它们，最终我得到了那达慕赛马冠军。想到从故乡的岩石学到了智慧、骑着骏马驰骋在赛场的经历，心中不免生出许多自豪之情。在蒙古高原的太阳下，从暗红色岩石里传出马背民族祖祖辈辈传承的历史底蕴，记载着游牧岁月的弯弯曲曲的道路，与星河一道叙说着岁月长河中的诸多记忆的故乡蔚蓝色岩石，都是那传说的鼻祖。蒙古高原每一座岩石都有属于它的故事和传说，马背民族的每一个传说中都有山丘岩石。这是因为祖先遥远的历史和文化都和山川岩石有关的缘故。在鸿鹄尔苏木希若呈图嘎查[1]地界里，有一群叫作“毕其格图哈达”的岩石。人们因它们的名称而错认为它们是一群有字的岩石，但是这些岩石上并没有什么字。而是，每块石头上都画满了很多有意思的动物图案。形图——岩画是古人的文化——文字的真实记录，所以这些岩石上的图案是文字的鼻祖。镌刻着若干个世纪前的文字鼻祖的岩石，今天在不管是东方还是西方、南方、北方的视野里，都闪耀着它独特的魅力。

听老人们说，上个世纪二十年代，外国的一位学者得到一枚生物原化石非常兴奋，根据那枚化石发现了诸多东湖尔盆地远古生物的化石。事实上确有此事，从那以后，国内外科学家们从

---

① 嘎查：内蒙古行政区划单位，相当于村、屯。嘎查达即村长。

东湖尔盆地查干诺尔发现了一亿八千万年前的恐龙化石、完整保留着蒙古高原原貌、形状的速龙和古代鸟类化石等几百种动物化石。一九九二年七月，在日本展出了世界最大的白垩纪时代恐龙——查干诺尔恐龙化石。故乡这个震惊世界的恐龙化石，在我的心里比奥林匹克竞赛场的金牌更有价值。二百多年前，英国伦敦附近有人发现了一块和大象骸骨一起的石头送到博物馆珍藏了多年，后来科学家经过研究发现那块石头是旧石器时代的石斧。这一发现把人类文明史往前推了将近三百万年。很明显，还有诸多记载着古人类历史秘密的文化石默默地躺在大自然的怀抱里未被完全发现。

广袤的戈壁草原，富饶的草场，狂野的山川，自由的野兽，鲜艳的花朵，湛蓝天空下的文化石，一起耸立在人们的心中。

故乡的那些梦幻般的磐石，永恒耸立在这五彩缤纷的世界上，以他的代代相传的蒙古摔跤手的传说名扬四海。闻名北五十七、南四十九个旗的一代跤魁苏尼特却扎木苏，十六岁时就初次在五百一十二名摔跤手中夺魁，一举成名成为了“十六岁的却扎木苏”。关于十六岁的却扎木苏流传着很多故事。听说，十六岁的却扎木苏的力气非常大，他五十几岁时的一个春天，为了做拴蒙古包坠绳的压基石，他从几千米以外抱来一个卧牛石，在途中连歇都没歇一下。如今那个叫作“十六岁的却扎木苏压基石”的五六个壮汉合力抬都非常费劲的卧牛石还卧在那里，叙述着摔跤手的传奇一生。草原上还有数不胜数的搏克[①]别勒古黛传说之石、德乐豆拓步黛传说之石等记载着草原上的摔跤手历史传说的磐石、卧牛石。马背民族的巴特尔好汉们的传说和戈壁的卧牛石一起被传颂，蒙古故乡的暗红色磐石都记载着搏克手的

① 搏克：蒙古式摔跤、摔跤手。

故事。

谁都不否认骏马和蒙古人一样在历史的空间里占有同样重要的位置。蒙古人爱骏马的传统融进崇尚拴马绳的习俗传了下来。在我的故乡有四个称作“成吉思汗拴马桩”的拴着拴马绳的石头桩子。人们每年的四月都祭拜这传奇的拴马桩。如今谁也不会在意成吉思汗是否真的在这拴马桩上拴过他征战四海的骏马，只有这些拴马石最清楚那段历史，所以它们本身就是一段蒙古的历史。

视岩石为最刚强、最正直的象征应该是蒙古人原始思维的传统。解放之前在我的故乡发生过一段这样的故事：有一位非常贫穷却十分刚强的年轻人，有一天，他被无辜牵扯到一桩偷盗大案中，被送到了旗衙门受审。在衙门里他受尽了折磨也只是说自己是被冤枉的，坚守着真实。后来，衙门放出消息说，要用“石头审案”的方法来断案。所谓的“石头审案”指的是，在大铁锅里烧开满满一锅的油放进一白一黑两颗石头让犯人去抓，以此断案。犯人如果抓到黑色石头就判他有罪，如果抓到白色石头就判他无罪。在“石头审案”的过程中，那位年轻人从沸腾的油锅中抓出了白色石头争取到自己的自由，用哈达包裹好那颗白色石头回家去了。沸腾的油锅里的黑白两颗石头竟成为分清是非的标杆，做出了命运严酷的审判。

美丽世界的岩石——传奇又美妙的奇观，但是，如今的人们只把它当成一种风景来观赏，能把它们视为一种文化来欣赏珍惜的人越来越少，甚至出现故意损坏等现象，变成了这个文明时代的一块刺眼的伤疤。这是生活在苏尼特宝达尔岩石群旁边的一位牧民阿爸说的一段意义深刻的话。

岩石丰富的世界——多岩的故乡，享不尽的岩石之福祉、乐趣。我们从岩石那里学会了远古历史和文化，看到自然的变迁……戈壁滩上五色的石头应该是我学不尽的哲学。

我写岩画的书出版之后，家乡的道尔吉老人送给我他从塔姆其草原上得到并珍藏了多年的一颗鱼形天然玛瑙石，以此做贺礼。我视它为重礼，总觉得它是我岩画一书获得的最高级别的奖赏。

金色阳光照耀下的山脉岩石的回声预示马背民族安详太平的颂歌，对未来幸福的预兆、充满信心的爱的旋律、广袤大地永恒的赞歌，永远回荡在清风里。

1995年12月

三匹枣骝马

莫·策布乐玛 著

胡日查 译

莫·策布乐玛

蒙古族。1938年出生于原呼伦贝尔盟新巴尔虎左旗乌布尔宝力格苏木。内蒙古作家协会会员，呼伦贝尔盟第六届政协委员。自二十世纪五十年代末开始在报刊发表评论、散文、诗歌、歌词作品。评论代表作有《萨仁琪琪格诗读后感》《飞腾的思绪》等。

胡日查

蒙古族，1970年生于扎赉特旗。内蒙古文学翻译家协会理事，内蒙古摄影家协会会员，呼伦贝尔市翻译家协会副秘书长。自1986年开始用蒙文创作诗歌、小说。在《呼伦贝尔》《花的原野》等刊物发表作品，计三百余万字。著有小说集《心灵的翅膀》。三次荣获呼伦贝尔市文学艺术骏马奖，2014年荣获“呼伦贝尔十佳翻译家”称号。

起初，我的内心其实非常平静。许多幸福的、充满回忆的美好时光被一层我亲历的现实生活的苦难与离别的冰霜包裹起来之后，我慢慢学会了利用周围一切可以获得的正能量来安抚我千疮百孔的心。当我在非常孤独、冷清地度日时，也时常挣扎着摆脱这种境界。

冬季里的一天，我无意中听到了已经年过八十的人民艺术家玛西巴图老人唱的民歌《枣骝马》，我的心有了前所未有的震撼，双眼噙满了激动与怀念的泪水，心中灵感之光闪烁，充满了温暖之感。珍藏在我灵魂深处已许久的一些美好的回忆像雨后的花朵纷纷摇曳开来，这是我未曾想到的。这是我曾经在繁忙的教学之余和几代音乐家歌唱家们倾心畅谈，徜徉在民歌这个取之不尽的艺术海洋里的缘故吧！

我年轻时在锡林郭勒草原上生活工作了许多年，那时我拥有两匹“枣骝马”，那是在韵律和情感的原野上自由自在地畅游，使得很多人为之感叹的巴尔虎民歌《乌骝马》和布里亚特民歌《褐骝马》。那时无论谁、在哪里唱这两首歌，都有我的先生、著名马头琴演奏家阿旺希偌伴奏。我五六岁时候就听着别人唱学会了《乌骝马》。那时候你只要记住歌词，能唱出它的旋律就算是学会了。

能使乌骝马步伐艰难的是
地势险恶的巴彦淖尔
能使亲哥哥的心难受的是
两小无猜的小妹妹呀……

虽然家乡的人们唱这首歌时用快拍，但我为了表达自己独特的情感用慢拍去唱它。在身处遥远的我的心里，这首在孩童时代学会的歌曲替代了故乡的位置，跟着我浪迹天涯，变成了我表达思念离别已久的故乡的一种主要方式。在那烂漫的青春岁月里，无缘与英俊潇洒的巴尔虎青年相恋相爱的莫名遗憾在我心中形成一种独特的感受。每当听我唱起《乌骝马》，住在我们隔壁的作曲家额勒登格就会坐立不安，演奏家桑杰会喝两杯就默默流泪。那时候，我也觉得过“一个男人这么一把鼻涕一把泪成何体统”。现在想来那时候我还是未能真正理解他们这些艺术家的内心世界呀。

我从小时候就开始有一种学唱民歌、记录民歌的欲望。一九五七年在诺姆日格矿泉疗养院时求一位布里亚特妇女教给我布里亚特歌曲，那姐妹给我唱一首：

踏雪的褐骝马呀
差一点折断了套马杆
他乡的英俊小伙子
差一点吸引了我的心……

一九六四年年初，我生大女儿坐月子时，希偌从呼市的单位请假回来伺候月子。这是我们结婚以来头一次在一起待二十多天，等孩子一睡觉我们就聊天、哼唱民歌、聊民歌。那时候我已经整理了三百多首民歌的歌词，希偌也整理出三百多首民歌的曲子。两人的整理中都收入了多个地区的民歌，我们核对以后发现很少有几首是没有曲子或歌词的。所幸在我身边有一把三弦，希偌就不时地弹奏三弦。有一天我哼唱《褐骝马》，希偌用三弦伴奏，我突然灵感降临说："这首歌的歌词太短，我给它加写一点吧，那我们就能经常唱了。"说完当时就给它加写了三段歌词，并试着用三弦伴奏着唱起。结果两人都很满意地说，哎，这下好啦！好像拥有了属于自己的歌曲一样特别高兴。《褐骝马》的曲调欢快，节奏明朗，主调积极向上。

额勒登格从我这里抄《褐骝马》的曲子时高兴地说过："这曲子足够我用一辈子啦！"五年以后他和希偌我俩聊天时说："希偌老师，我已经根据你给的《褐骝马》的曲子创作出四首新曲子啦。"并一一给我们说曲名。但是，我现在已经忘却了他具体在什么曲子当中怎么去借鉴的啦，只记得一首，是男女二重唱《如此辽阔的草原》。

锡林歌剧院是当时锡林浩特最大的剧院。歌手王云松和兰梅两人首次在这里演唱这首诗人高仁钦那木杰作词、额勒登格作曲的《如此辽阔的草原》时，千百名观众都兴奋地起立，雷鸣般的掌声持续了许久。那时候，我欣赏察哈尔诗人和乌珠穆沁作曲家的创作才华，沉浸在他们给大众带来的美感享受里。就这样，我们的《褐骝马》骑乘着杰出作曲家额勒登格的才华和再创造，在锡林郭勒草原上开始了它新时期的光辉历程。

《枣骝马》是一首阿巴嘎旗民歌。玛西巴图老人唱给我们，希偌整理曲子，我整理歌词，还录了音。

一九八〇年秋天，我们得到一次好机会。那时候锡林郭勒文化局对整理民歌工作特别重视。有一次，希偌和他的学生，马头琴演奏家达日玛、作曲家巴图楚鲁等人乘文化局的车前往罕乌拉苏木矿泉疗养院，看望在那里休养的著名歌唱家哈扎布并整理民歌，我也在矿泉疗养的同时以帮他们整理民歌歌词为目的和他们一起前往。

罕乌拉苏木党政领导热情迎接我们一行，苏木书记巴特尔对整理民歌这件事情非常重视，具体部署了工作，让副苏木达苏米德负责此项工作，这位同志自己就会唱很多民歌。

那时候，玛西巴图老人还没有完全平反，没有完全的公民权，不能参加文艺活动。有一天，老人来见我们，互相问候后他说："听说苏木上来了几位艺术家，有我认识的希偌和策布乐玛。我就想见你们，直接从羊群边上来这里啦。"希偌我们俩把老人介绍给同行的几位。玛西巴图老人听说我们的来意后就给我们唱了几首好听的民歌，让我们记录歌词、录音，整个过程中苏木方面一点都没有干扰或阻止。后来老人唱得高兴之后就开始用他那副不敢相信是出自一位六十几岁老人的洪亮的嗓音唱起：

骑着枣红（呀）马
鞴着地毯（呀）垫
颠跑奔驰着来

对我说的（呀）话
真实可靠（的）话
永远也不会忘记……

这么一首歌，那缓慢亢进的嗓音、慢慢荡漾的韵律都让我们兴奋不已。我们开始用乐器弹奏、哼唱。之后我们对苏木领导也详细反映了这个情况和我们的意见。

我们回到锡林浩特以后，大家都表现出对这首《枣骝马》的浓厚兴趣。我们开始认真听录音、弹奏曲子、整理歌词，经常来我们家的几位文艺青年和我所教班级的高中生们都学会了它的唱法。那年的九月成了《枣骝马》之月。我在那次深深懂得了会欣赏民歌、新歌，争前恐后地学唱民歌是文化发展地区的又一个显著特点。

希偌我俩拿着《枣骝马》的录音找到有关领导说，要想拯救民间文艺，必须尽早给像玛西巴图老人这样经历几个时代的老艺术家平反，让他发挥自身的余热，这样会对推进这项工作很有利。没过多久玛西巴图老人和他的《枣骝马》一起回到了新时代的舞台上，给民间文艺的百花园增添一份鲜艳的色彩。关于玛西巴图老人这十几年里所做的工作，道噶尔之子胡日查巴特尔的第四个卡式录音带里的简介和所有优美动听的音乐，都能给您一个满意的答案。把艺术看作是自己生命的玛西巴图老人活到高寿，享受了自己为民间艺术贡献一生的福祉。

希偌把《枣骝马》改编成马头琴独奏曲演奏。《枣骝马》是给玛西巴图老人带来自由的歌曲，也是另一首从我们家里开始流行的歌曲。每当我提起或听到《枣骝马》，就会回忆那多次的演出场面，那么多艺术家鲜活的模样会浮现眼前，心情就无比激动。《枣骝马》就是我在锡林郭勒草原上那一段艺术人生的缩影。

对于《枣骝马》我只能做到会听，但我能非常准确地听出演唱者是否把握好歌曲的韵律音高，还对当时非常出名的青年歌手扎格达苏荣、额尔德尼达赖发过“你们要唱就好好唱，别在对歌曲把握不准的时候就开口唱起，不要再糟蹋民歌”这样的脾气。唉！

一九八二年冬天，我跟随心灵的召唤，让我的大姑娘青格勒玛演唱《枣骝马》，让扎木苏用古筝、青格勒图用三弦、希偌用马头琴伴奏，并录了音。那录音作为我家一个有着非常重要意义的文艺纪念品被保留到今天。

《乌骝马》《褐骝马》《枣骝马》是巴尔虎、布里亚特、阿巴嘎民歌，是三首拥有各自特色的爱情歌曲。这三首歌曲在我们这个艺术之家中就像永生火旁的三颗圣石一样被珍惜。三匹枣骝马都有它们各自的特点和韵味，也许它们成不了协奏曲，但完全可以成为组曲。不知能胜任把它们编写成组曲的音乐家在哪里！

写这篇散文时，笼罩在我内心的冰冷的雾霭已经慢慢散去，心情出奇的开朗明快，被搁置了几年的笔也慢慢顺畅起来。

感谢你们让我再生，我的三匹枣骝马，我的锡林郭勒草原！

1996年4月于阿木古朗镇

元上都探古

嘎·希儒嘉措 著
鲍银虎 译

嘎·希儒嘉措

蒙古族，1954年生。中国作家协会会员。曾出版诗歌、中短篇小说、散文集四部，编著、译著六部。作品多次荣获内蒙古自治区文学创作“索龙嘎”奖、“敖德斯尔”奖、孛儿只斤蒙古文学奖、全国少数民族文学创作骏马奖。五篇作品被选入初中、高中、大专院校课本，部分作品被翻译介绍至国外。

鲍银虎

蒙古族，孛儿只斤氏，1956年出生于赤峰市翁牛特旗。新闻工作者，内蒙古文学翻译家协会会员。多次荣获全国蒙古文报刊新闻奖和内蒙古自治区新闻奖。出版个人新闻作品选《追寻事实》，蒙译汉作品有《石枕论》等约五十万字，汉译蒙作品有《蒙古姓氏》等六七部。

春花秋月何时了，
往事知多少。
小楼昨夜又东风，
故国不堪回首月明中。

雕栏玉砌应犹在，
只是朱颜改。
问君能有几多愁，
恰似一江春水向东流。

这是五代南唐后主、亡国之君李煜在距今一千零一十八年前写的《虞美人》。如今有人已复原其曲谱演唱，我曾听过其录音。那种薄命寡妇在亡夫灵前哭泣般凄婉悲切、哀痛欲绝的歌声，一旦撞击你的耳鼓膜，不由把你带到一个凄惨悲凉的历史场景中去。真正的歌曲艺术就是这样，以它水乳交融般和谐的词曲震撼人们的心灵，引起一代代人的共鸣。文学有悲剧之美，而歌曲则诉诸人们情感，触动人们心灵深处最原始最微妙的情愫。在十六世纪，那些住在茅草屋里的尼日尔人曾遭到殖民者的掳掠，离开故土和亲人，被贩运到远隔大西洋的美洲去当奴隶，以这段苦难史为题材的电影《根》的主题歌，则使听者无不怆然落泪。这个充满悲欢离合的世界上，大凡任何一个时代、任何一个民族都有一段自己的苦难史，而他们面对苦难倾诉真实情感的作品，今天为我们提供着艺术享受。在灾难丛生、萧索悲凉的历史征途上疲惫不堪、气喘吁吁的蒙古人，不仅以诗歌和史卷去记录心中悲苦，还把它熔铸于长调歌曲的每一个音符。人为什么悲伤？对此专家们虽然作各种解释，我却认为可以一言以蔽之，即人们并不因为未能尽数占有世界上所有美好的东西而悲伤，却因为失落自己曾经拥有的东西而悲伤。这种失落包含多种内容。在日常生活中，人们一般怕四件事：女人怕胖得像皮球、怕所托非人中途分离、怕红消香褪风韵尽失、怕囊中羞涩生计维艰；男人则怕幼年失去双亲、怕中年失去配偶、怕晚年失去爱子、怕身败名裂家破。当官的怕被削职，是属于后一种。这里说的只是一般特征，如果仅凭男女性别作绝对的评判，难免失之偏颇。因为，在历史上不但女中丈夫比比皆是，而且须眉妇人也不乏其人。总之，这些都属于失落自己分内东西的范围。而且，都是个体的得失，是涉及面狭小的小失。而对一个民族来说，没有比失去生存的疆域、失去来去的自由、失去祖先留下的文化遗产、失去彼此交流的语言更可悲的了。于是，也有一个蒙古皇帝写了像前边提到的李煜《虞美人》那样凄婉悲切、哀痛欲绝的诗，这就是《妥懽帖睦尔罕哭叹歌》：

以诸宝装成之我大大都城，
应时纳凉而居之我上都开平轮城，
古来列圣避暑之我上都金莲川。
惜乎！误失我大国之政矣，

戊申乃吾衰败之岁也乎！
以九宝装成之我大都城，
执理九十九政之我上都开平府，
泽及众生之我政教福庆。
惜乎！为天下共主之我大名声……
晨起而登高眺望灿烂朝霞，
自南自北观之则皆成美景。
不分冬夏常居而不生厌，
威德彻辰合罕所建之我大都宝城。
列祖所爱居之我大大都城，
我相得之君臣，我所属之民众。
未从伊拉乎丞相言乃我之恨也，①
偏信叛亡之朱葛诺延②乃我之愚也。
误杀我聪睿之托克托葛太师，
驱逐我尊上神喇嘛者乃我之孽也。
惜乎！号称天下共主之我名声，
惜乎！我享用无边之大福庆。
忽必烈彻辰罕所百计经营——
宿有福祉之我大都城，
被汉人朱葛诺延席卷而去矣！
耻辱之恶名临我妥懽帖睦尔矣！

① 伊拉乎，亦称伊伯乎，据《黄金史纲》记载，看到朱元璋出生时南方出现彩虹，拉哈、伊伯乎二人进谏："这孩子如心正，来日可以辅佐吾主，如心不正，终成祸首，必造其害，以绝后患。"然当时皇上没听忠告，待大元政权断送于朱元璋之手时，恍然大悟，悔不当初耳。

② 朱葛诺延：指朱元璋。

这是妥懽帖睦尔失去他“大国之政”之后的悲叹，这是一个涉及面深广的大失。李煜也好，妥懽帖睦尔也好，如果他们不曾沉湎于个人淫乐、荒疏朝政，哪还能有这种失落后的巨大痛苦。只要还没有失落就不去想自己所拥有的东西的价值，可一旦失落之后再怎么悔恨也已无济于事。何况，这不只是皇帝一人的失落，而是整个民族的失落。入关的近百万人中只有六万人得以逃脱，其余人的身家性命只换得一首《哭叹歌》，实在可悲，代价实在太昂贵了。所有的小都包括在大里边。舍小而图大，实在是永远难以揣摩穷尽的哲理。只因未曾好自揣摩这一哲理，竟酿成一个个人间悲剧、千古之恨。我们来自何处？我们到何处去？自从年轻时代就站在群体角度苦苦思索这一问题的答案，结果心力交瘁，说不清是幸福还是痛苦的忧患感盘踞纠缠在心头，不得不半夜起来拿起纸笔以求缓解急促跳动的心律，想来这是解脱痛苦的唯一办法。但对我来说，这既不是为了忘却的纪念，也不是在享受着痛苦的快乐，更不是想把悲观主义的枷锁套在自己的脖颈上。乐观主义者们能够常乐的原因往往在于他们从不在乎别人怎么看自己。我并不希望所有的蒙古人都成为悲观主义者，但是面对着自己如此困顿的历史，竟有人还能够一味地乐观、一味地狂舞、一味地豪饮，这不得不令人纳闷。汉族古代历史上，越王勾践曾被吴王夫差掳去做奴隶，被关在畜圈卧薪尝胆十年，那时他已不知何谓乐舞、何谓酒味。如果说他还有值得庆幸的事，那就是夫差没有把他杀掉，为其日后东山再起报仇雪耻提供了一线希望。有些京剧里总有一种悲愤的情调贯穿始终，这除了病态的心理定势之外，更重要的是要让子孙后代永远牢记被马背民族蹂躏的历史。悲伤是缘于现实的情绪反应，是健康的心智感受痛苦的表现。诊断疾病要先探问致病原因，对症下药，那么以悲伤为药石去排解悲伤心情，或许是行为心理学家或艺术家们值得一试的验方。多愁善感的人们从伤感的文艺作品中得到安慰，这跟歌曲《嘎达梅林》使热爱家乡的人感到亢奋和满足是一样的。正因为如此，李煜的《虞美人》和《妥懽帖睦尔罕哭叹歌》也具有了其巨大的意义和艺术价值……

我怀着如此悲伤的心绪，在上都开平城的遗址上顶着瑟瑟秋风伫立了许久许久。人们一旦进入原生态的自然环境，为什么心底总浮现从未有过的异样感觉？有生命的和没有生命的所有物质都是大自然的造化物，所以身心回归到养育自己的那个原始摇篮的时候，或许就会有这样的反应吧。此前我从未来过元上都开平，只是从书本上认识而已。但是，很久以来一直希望有朝一日能够亲眼看到当年蒙古英雄们的坐骑留下的蹄印、大车的车辙，甚至能闻到当年不慎洒下的酒浆的醇香。去年有幸参加内蒙古作家采风团，走遍草原，最后沿着七百年的历史隧道来到了上都开平，这是令我无比得意的收获。可是，一直魂牵梦萦的上都开平城却以出乎我意料的面貌映现在我面前。当年的楼阁殿堂荡然无存，更何况当年的绝世英雄们？我老家有契丹辽国的上京临潢府遗址，上都开平建成时间虽然比它晚了三百年，毁坏程度却一点也不亚于前者。砌在城墙面上的砖石、楼阁殿堂里用的木料或许经几度政权更迭和几个世纪的风雨侵蚀掉，或许被贪便宜的人们搬走。此间只留下天上掉下来的死龙骸骨般蜷曲的城墙夯土，城墙内荒草丛生，那些陈年的麻叶荨麻、白蒿、灰藜、莳萝蒿在秋风中呲呲作响，好像大自然在为这座古城唱着无尽的挽歌。于是，我又不由自主地吟诵起了李煜的《虞美人》和《妥懽帖睦尔罕哭叹歌》。

关于上都的记载，除了萨都剌的几首诗以外，几乎找不到蒙古人留下的资料，用母语留存的记载更是凤毛麟角。就是西方人也叹为观止的都城，蒙古人不可能不用文字记录下来，显然是在政权更迭和文化浩劫中被毁的。而如今，蒙古人只能从其他民族的史料中读到有关自己古都的片鳞半爪的记录。过去在蒙古族民间对成吉思汗及其横跨欧亚大陆的大帝国，尤其对征服欧亚的那场战争，只有一些传说般朦胧的印象。由于成吉思汗的陵寝在鄂尔多斯，在西部蒙古人心目中成吉思汗作为神圣的偶像，有很高的地位。在东部地区，则从日本人在王爷庙修建成吉思汗庙开始，祖先崇拜一度得到恢复，随着西方蒙古学著作被翻译介绍过来，蒙古人对自己的历史有了更加清晰的了解。这些都是满族统治者不让蒙古人了解他们自己历史的险恶用心，以及游牧民族往往把自己的历史当作传说口耳相传，很少留下文字记载的缺陷共同作用的结果。蒙古人对古城池的知识更不在话下。如果说上都遗址被考证之前，蒙古人根本不知道这城址跟自己有什么关系，或许是冤枉了他们。

从人类发展史看，城池似乎是农业文明、聚落文明、工业文明的产物，它的发展跟文明的形成成正比。考古学家们对亚洲、欧洲、拉丁美洲的许多陵墓、城址、遗迹进行田野考古和发掘，发现许多稀世文物，搞清楚了古希腊、罗马文明、古埃及文明、非洲津巴布韦石城文化、从西伯利亚通过白令海峡向美洲迁徙的蒙古种印第安人建立的印加帝国玛雅文明、美索不达米亚文明、北方游牧民族的红山文化等人类早期文明的发祥地，勾勒出了人类成长的轨迹。这些文明分别属于蒙昧时代、中古时期、东方文明等不同的考古年代和考古门类。城池作为文明的产物，滥觞于新旧石器时代的洞穴、聚落，到青铜器和铁器时代逐步形成的，是人类步入阶级社会后的产物。据记载，在公元前六世纪，古巴比伦国王尼布甲尼撒曾发掘过一个古城遗址，这应该是人类最早发掘古城遗址的记录。古埃及、古巴比伦、古印度和中国是人类早期文明的摇篮。古埃及神奇的法老墓——金字塔、位于印度北方邦亚格拉市近郊亚穆纳河南岸的世界著名建筑之一泰姬·马哈尔陵、中国的万里长城都是人类古代文明不朽的丰碑。古巴比伦人民也建造了堪与这些建筑媲美的空中花园和其他宏伟的建筑。巴比伦古城遗址在伊拉克首都巴格达以南八十八公里处的幼发拉底河西岸，它是在公元前三千年前建成的。位于埃及首都开罗以南六百七十公里处的著名古都底比斯也建于公元前三千年前，经中王国和新王国达到发展的顶峰，于公元前八八年被彻底毁灭，化为废墟。巴勒斯坦中部的耶路撒冷城更是建城四千年来，历经战乱和盛衰兴替的世界名城。位于当今北非突尼斯东北部的古代名城迦太基建于公元前八一四年，是和古罗马的庞贝城相媲美的古代建筑。万神殿或印第安语叫作特奥蒂瓦坎的古城遗址位于当今中美洲墨西哥首都东北四十公里处。由蒙古种印第安人的一支托尔蒂克人于公元初建成的这座中美洲第一座大都城里，有太阳金字塔、月亮金字塔、羽蛇神殿等举世无双的建筑。和他们同宗的蒙古人正在亚洲崛起之时，这些印第安人在拉丁美洲秘鲁境内建立的印加帝国于十一世纪建成了卡斯高城，城里众多建筑中，最著名的是可与巴比伦空中花园媲美的山城马丘比丘，而巴比伦空中花园曾被称为世界七大奇迹之一。遗憾的是，这些著名城池大多在战火中化为废墟。我们在这里谈论的话题引出了一个问题，即游弋于蓝天之下、原野之上的古代亚洲众多的游牧部落，在过游牧生活的时候，是否建造过城池？“城市”这个词，一般含有人口聚集、资财富集等意思。蒙古人的语汇里，已有了诸如“浩特”“库仑”“巴勒葛孙”[①]“浩特老·图们”[②]“柴栅”[③]“闯基”[④]“霍洛”[⑤]等许多与城池和人众相关的词

① 巴勒葛孙：蒙文音译，镇、集镇、城镇、城堡。

② 浩特老·图们：蒙文音译，全体、全部、大家。引申为人口密集的居落、城镇。

③ 柴栅：蒙文音译，寨子、山寨、要塞。

④ 闯基：蒙文音译，烽火台。

⑤ 霍洛：蒙文音译，圈、围墙、府邸。

语，由此看来，游牧部落的生活里应该是早就出现了城池。中亚游牧诸部族的语言虽然都属于阿尔泰语系，在不断分离和融合的漫长过程中，发展成突厥语族、蒙古语族、满洲—通古斯语族等几大体系，但是，他们相互影响、相互吸收和融合的过程并没有因此停止，现代蒙古语中仍然保留着相当数量的突厥语词汇就是一个明证。“巴勒噶斯”一词，在蒙古语里有“城池”和“废墟”等两个意义相反的含义，词根来自突厥语。“城市”在突厥语里叫“巴勒噶”。进入蒙古语后，原词根“巴勒噶”上加了表示复数的后缀“斯”或“德”，成了“巴勒噶斯”或“巴勒噶德”。据《小亚美尼亚国王海都出使蒙哥汗廷记行》记载，十三世纪在中亚的突厥、蒙古诸部族生活区域里曾有不少叫“巴勒噶”或“巴勒噶斯”的城池。在今南疆区域曾有“别斯尔八里”[①]“别失八里”[②]“养吉干八里”[③]“毡八里”“丁加八里”“亦力八里”等城池。本世纪初在塔克拉玛干沙漠发现了早在公元前后由中亚游牧部落柔然建成的城址，而前苏联和蒙古国考古学家们通过田野考古，在贝加尔湖以南蒙古国境内发现了匈奴人的伊伏尔加遗迹、哈希尔巴勒噶斯、巴润多若城、伯尔吉四方城、库热图道宝等诸多遗址。在陕北榆林境内毛乌素沙漠中的“察罕八里”（亦叫“统万城”），是公元四一三年由匈奴人建立的大夏国都城。匈奴、鲜卑、突厥南下中原建立王朝后修建的城池更是不胜枚举。鲜卑皇宫曾坐落在弹汗山、歠仇水上，而鄂尔浑河、色楞格河流域曾有突厥汗廷及十多座大小城池，之后回纥人也在那里建成了哈喇巴勒噶孙、拜八里或叫巴彦巴勒噶孙等城池。与蒙古人同宗的契丹人在公元九一一年至一〇四四年间共建了五座

---

① 别斯尔八里：蒙文音译，孤城；“别斯尔”这一词根，仍保留在现代蒙古语中。

② 别失八里：蒙文音译，五座城。

③ 养吉干八里：蒙文音译，新城。

都城，即今内蒙古巴林左旗的上京临潢府、宁城县的中京大明府、辽宁省辽阳市的东京辽阳府、南京幽州府（今北京）、山西省大同市的西京大同府。而蒙古国境内有克鲁伦河畔的巴力斯城、呼兰巴勒噶斯、查罕巴勒噶斯、喀喇不花巴勒噶斯、卿托勒海巴勒噶斯、哈屯巴勒噶斯等十多座中小城邑及二百多座寨堡遗址。掩埋在额济纳旗沙漠下面的喀喇和屯系十一世纪西夏的重镇，后被蒙古人沿用。被西方人称为“像火山爆发一样毁灭繁华都城的草原野蛮部落”的蒙古人，在其繁盛的十三世纪也建立了自己的都城。蒙古大帝国时期都城级的城池有四座，即沃尔多八里①、库尔都八里②、罕八里③和中都④。和这些都城相仿或相当于省会级的城池还有二十余座，如哈尔申宿仁巴勒噶斯、托斯胡巴勒噶斯、鄂尔丘云查罕巴勒噶斯、阿如伦查罕巴勒噶斯、托可希汇恩巴勒噶斯，在昭乌达境内的博罗和屯和巴力斯和屯，金帐汗国在亦的勒河畔的拔都萨莱和别尔哥萨莱，在高加索的马札尔巴勒葛孙，在巴基斯坦的蒙古汗廷，在额尔古纳河东岸哈喇和硕的合撒儿古城、别勒古台古城，在鄂温克旗巴彦乌拉的斡惕赤斤古城，在乌兰察布的汪古惕马札罕汗诺颜敖伦苏莫古城，在察哈尔查干宝楞的古城，在乌兰额尔格的古城、北元林丹汗时期的查罕和屯……这些古城遗址现在都得到确认，有的甚至进行过田野考古发掘。遗憾的是，有城墙、壕沟、箭楼、雉堞，具备进攻、防守、自保功能的这些中古时期蒙古人的城池，和这里的先民匈奴、突厥、鲜卑、契丹人所建造的城池一样，既没能躲过也没想躲避那数世纪的风雨侵蚀，随着修筑它们的游牧民族梦幻般

① 沃尔多八里：即哈喇和林。

② 库尔都八里：即上都。

③ 罕八里：即大都。

④ 中都：即汪兀察都行宫，在今河北省张北。

消失。这便是既没有眼光又不怀好意的西方学者，说他们是没有开化的草原野蛮部落的原因所在。他们“没有固定的住处，也不知道下一次将住在哪里。只是自日出之处向西伸展，直至多瑙河流域广袤的草场……在春、夏、秋、冬四季随意到哪里去放牧他们的牛羊而已”，十三世纪欧洲使臣卢卜鲁克对当时蒙古人的总体特征做了这样的描述。不错，北方游牧民族千百年来的确选择游牧作为赖以生存的经济手段，但这不是把他们引向野蛮的绝对条件。游牧民族固有的生活方式虽然削弱了他们的群体凝聚力，耗尽了他们的实力，但也时时注入新的活力，使他们得以重新整合自己，建立政权，使自己免遭邻邦的侵凌。在漫长的历史过程中，他们确立了属于自己的政治、财政、军事制度，形成了自己的社会交往方式和生活方式，从而创造出灿烂的牧业文明，为人类文明进步做出了巨大的贡献。城池文明不只属于定居民族和农业社会，和游牧社会也有至关重要的关系，我们在前面提到的众多城池足以证明这一点。不能因为没有文字记载或曾有的文字记载已亡佚，就可以否认这个事实，那些已成废墟的城池正以自己特有的语汇和声调诉说着历史真相。

今锡林郭勒盟正蓝旗敦达浩特镇东北四十里处，蜿蜒曲折的闪电河北岸上，那古代著名的金莲川便是上都开平城所在处。距蒙古帝国都城罕八里七百里之遥的这座古城，却比罕八里早十年，即一二五六——一二五九年间已建成。当时，其主人忽必烈正奉汗兄蒙哥之命，征伐江南。在攻占定居民族城池的过程中，他应该是深刻体会到了城池对人们生活的重要性，想到了那些温馨固定的聚落、商贾云集的市廛比起荒野上的流徙生活来说有多么的舒适和惬意。忽必烈或许就在此时产生了占领中原以后，要改变自己的生活方式去靠拢汉族生活方式的想法。要当横跨两大洲的大元朝皇帝的愿望，自然是这一想法的基础。与其说这是从游牧民族的根本利益出发，还不如说是统治者个人出于对大汗权力的寝食难忘的追求更为恰当。为了实现其本阶级的利益，绞尽脑汁，千方百计地利用一切可能，甚至葬送种族群体的一切也在所不辞，这是一些统治者的通病。蒙古大帝国第四位大汗忽必烈，到底躬行了这一陈规。其祖父成吉思汗抱着“宁可叫五尺躯体劳顿，不可让万众之邦受损”的信念，千辛万苦缔造了一个帝国，而在把这个帝国引向何处这个问题上，忽必烈却十分干脆地拒绝诸蒙古宗王“本朝旧俗与汉法异，今留汉地，建都邑城郭，议文制度遵用汉法，其故何如”[①]的尖锐质问，迎合了宠臣刘子聪“马背上可以取天下，马背上不可以治天下”[②]的说词。当然，那时找不到比这更合适的选择和出路也是事实。忽必烈的选择对还是错姑且不说，也不说他作为政治家没能具备预见百千年后的远见卓识，但在当时社会环境中作为个人，他的确具备了相当准确的判断能力。蒙古帝国第三位大汗蒙哥驾崩后，政治斗争骤然加剧，同母兄弟阿里不哥得到蒙古宗王们的拥戴，先忽必烈一步在哈喇和林承袭了大汗位。这早在忽必烈意料之中，三年前蒙哥汗还健在的时候，他已命令刘秉忠从速建造了上都城邑。这样，上都城一面世便成为争夺汗位的根据地和大本营。蒙哥汗还没驾崩时，忽必烈已意识到他们兄弟之间早晚有一天会发生争夺汗位的你死我活的血战，为此他积聚势力，做了许多准备，建造这座都城便是其中一部分。通过血腥战争，哥哥终于把弟弟拉下大汗宝座，自己如愿以偿地爬了上去。哈喇和林从此失去了政治中心的地位，上都取而代之。这看似兄弟之间争夺汗权的斗争，但其实质却是农耕文明对牧业文明的胜利，是定居民族对游牧民族的胜利。所谓中国历史，其中一部分就是农耕文明和牧业文明并存，

① 《元史》卷 125，《高智耀传》。

② 《元史》卷 157，《刘秉忠传》。

彼此争夺生存空间，永无休止地进行拉锯战争的过程。牧业文明一旦强盛占优势，就拥向日出的地方，去建立王朝；一旦没落被打垮，便抛下故土和疆域，朝那日落的地方迁徙。可以说这是大草原游牧民族的共同特征。匈奴、鲜卑、突厥、契丹等蒙古种游牧部族都没有跃出这样的运动轨迹。茫茫无际的大海、皑皑白雪的高山或许是召唤他们魂灵的永恒的海市蜃楼？忽必烈又步其前人的后尘，他是踏着到中原后被称为夏国的匈奴人、曾建立北魏的鲜卑人、自号大辽的契丹人、号称金朝的女真人的脚印南下的。如同契丹人“崇尚异族汉人扑朔迷离的文化而把自己的帝国改为国号‘辽’的杂牌国家”[①]一样，蒙古帝国也变成了一个叫“元”的杂牌国家。靠近中原汉族建立政权的北方游牧民族国家，往往先从国号开始杂化，最后完全失落自己的名号血统，这可以说是一种历史规律。事实的确也如此。满洲人是最近完成这一过程的重要角色。这是一种文化现象。农耕民族和游牧民族的价值观，自古以来就有天壤之别。对农耕民族来说，土地是他们过去的一切，也是未来的一切。对游牧民族来说，政治就是一切。而这种政治又不是植根于经济基础和长远战略的恒久体系，只是转瞬之间烟消云散的短暂的冒险行动而已。假如说农耕民族是经济民族，游牧民族则应是政治民族，而经济基础决定上层建筑这一命题，同样适用于他们之间的关系。事实就是如此。游牧民族一再组织寿命不长的军事实体向南进犯，是因为那里的定居居民任何时候都有财政储备。然而，有五千年文明史的汉族文化是伟大而顽固的文化，它像一口散发着诱人醇香的巨大酒缸，醉倒所有贪杯而去的人，而且一旦醉倒，再也别想醒来。当时几乎蒙古人的一半，和匈奴、鲜卑、契丹一样掉进“酒

---

① 引自 H.З.库穆列夫、A.И.库尔柯奇《黑色传奇》。

缸”醉倒，他们的领头羊就是忽必烈。而执意不去品尝、更不想醉倒的其实是阿里不哥他们。在忽必烈已利欲熏心、行径离谱的情况下，他们为了捍卫种族利益，也为了不让自己掉进那个陷阱，坚持同忽必烈进行流血斗争，直到那个世纪结束。忽必烈虽然调用由契丹、女真、汉人组成的联军，集中优势兵力镇压了带头发难的阿里不哥、海都、乃颜等人，但并未能笼络住他们手下民众的心。到十三世纪末，一切都发生了逆转。成吉思汗建立的蒙古帝国四分五裂，察合台汗国、金帐汗国、伊儿汗国先后脱离中央政府，各奔前程。留在忽必烈手中的无非是尊蒙古人为皇帝的一个叫“元”的汉族王朝而已。成吉思汗建立蒙古帝国后，以十二年为纪年。忽必烈之前，没有一个蒙古帝国的大汗用过年号。然而忽必烈于一二六〇年五月采纳刘子聪之计，承袭了汉族封建王朝的传统，颁行即位诏书，自封为皇帝，建元中统。按蒙古人的传统，选举大汗的大库里勒台必须在斡难河附近举行，诸宗王须悉数参加。忽必烈背弃诸宗王，自行篡权封为皇帝，显然是数典忘祖，违背了传统。所以，虽然名为成吉思汗的继承人，但他所继承的国家其实和上都这个城池的名字一样，成了个不伦不类的杂烩。撇下了祖先传下来的疆域，把帝国的统治中心转移到汉地，对此其他蒙古贵族虽说感到出乎意料，但对忽必烈来说，却是顺理成章的事。自从进入中原的第一天开始，他“把全部精力放在中原，以期把它作为日后依托的根基。他是靠汉族地主的支持夺得汗位的。他建立或统治的国家主要还是中原汉族地区，而且他所依赖的财力也是由汉民和封建农业经济提供的。”[①]考虑到同汉族地主勾结的便利，他仿效与蒙古人同宗的鲜卑人建立的北魏孝文帝将都城从大同迁到洛阳的汉化

① 引自洪永斌、张泽凡《忽必烈与元朝》（作者从蒙译本引用了这句话，翻译时未找到汉文原著加以核对，译文与原文难免有所出入——译者）。

先例，不久将都城从上都迁到了燕京。因而在他的朝廷里汉族地主、士大夫、儒士云集，形成了推行汉族法典的幕僚集团。见忽必烈的确已成为维护汉族地主阶级利益的总代表，当时就有人称颂道："今日能用汉人儒士，而能行中国之道，则中国之主也。"[①]

上都在史书上的全称为"上都开平库尔都巴勒葛孙"。"上都"和"开平"显然都是汉语的译音，"库尔都"（意为"轮"）则取蒙古人所崇尚八宝中的千辐金轮，即"金光灿灿睦亲友，千辐嶙嶙丧敌魂，普济八洲众生劫，升平康宁真金轮"之意。一二五九年刚落成时之所以叫作"开平"，或许跟这个金轮也有关系。一二六三年，忽必烈把开平改称上都，一二七三年大都宫殿建设告竣后定为京城，翌年正月正式迁往大都，从此上都成了蒙古帝王们的夏都。这座城邑的名称虽然是蒙古语、突厥语、汉语的大杂烩，但作为蒙古人昌盛时期建造的城池，当时在政治、精神生活方面曾焕发出蓬勃的活力。元朝京城虽然迁到大都，但每到夏季，帝王们带着臣僚百官、后宫嫔妃从冬营地来到这夏都，一直住到晚秋，并在这里处理朝廷大事。设立夏宫或陪都，是大草原游牧民族朝廷的一个重要特色。匈奴、鲜卑、突厥等王朝都有建造季节性行宫的记载，而金朝的皇家夏宫为桓州景明宫，在上都西南三十里处。乌桓、东胡[②]和契丹的帝王们此前也曾在这里建过行宫，这一特点在契丹时期尤为突出。辽代的五京，都是季节性渔猎的行宫。这类行宫，在契丹语里叫作"捺钵"。据《辽史·营卫志》记载："居有宫卫，谓之斡鲁朵；出有行营，谓之

① 引自郝经《陵川文集》卷三十七。

② 古代吐蕃人称蒙古人为"胡儿"，因蒙古人生活的地域在吐蕃和匈奴的东方，故汉人称蒙古人为"东胡"。古代汉文典籍中泛称北方民族为胡人，亦与这"胡儿"有关。

捺钵”，又说：“秋冬违寒，春夏避暑，随水草就畋渔，岁以为常。四时各有行在之所，谓之‘捺钵’。”大约从圣宗时期开始，四季捺钵有了固定地点和成规。春季捺钵，临湖捕鱼雁；秋季捺钵，进山打鹿虎；夏季捺钵，消夏避酷暑；冬季捺钵，越冬避风寒。皇帝带着车驾和臣僚，四时巡守，处理军国大事时，捺钵担当了重要角色。金朝和元朝都沿袭了这一传统。在元朝除了上都，这样季节性的行宫还有前面提到的巴力斯和屯、哈尔申宿仁巴勒噶斯、阿如伦查罕巴勒噶斯、鄂尔丘云查罕巴勒噶斯、托斯胡巴勒噶斯……都曾成为春夏秋冬巡守之地。罕八里大都则是躲避风寒的最佳最宽敞的冬营地。清朝皇帝也承袭这一传统，以北京为冬宫，以盛京为秋宫，以热河边上的避暑山庄为夏宫，而且凡是康熙、乾隆巡幸所到之处都建过行宫。大草原游牧文化特色，在此得到充分体现。

被誉为“行宫临白海，金碧出微茫”①的上都城，曾是其中最为出类拔萃的城池。在当时通盘考虑最佳自然环境、最佳交通条件选址建造的上都城废墟上驻足，环顾四周，极目瞭望，不由暗自感叹，这显然是一处龙腾凤翔的风水宝地。翻着银白色浪花、汩汩流淌的闪电河从城南绕过，它自古以来滋润这片土地，哺育了这一望无际的肥沃草场。城东南边广袤坦荡的平川上盛开着金莲花，犹如从苍天上裁下幅面巨大的黄缎子铺在那里，轻风过处，花香沁人心脾。金莲花是名贵的药材，并不是随处可见。据说，在巴林旗赛罕汗山顶上有一百零八个清凉泉眼的天池边能见到金莲花，据传是天女来沐浴时带来栽在池边的。金莲花，藏语叫“莫多才勤”或“才吉莫多”，是蒙藏药里的一味名贵药材。其花味苦而性寒，阴干后用于各种急性炎症，具有败

① 出自周伯琦《上京途中纪事》。

火解毒的功效。金莲花自古就有，而且是名贵的植物，所以上都所在的沙勒塔拉（金莲川）在元代颇负盛名。辽、金时期称为金莲川，也曾建过夏都。清代诗人胡会恩来到这里观赏金莲花后写道：

仙葩生朔漠，当署发奇英。
色映金沙丽，香芬玉井清。
倚风无俗艳，含露有新荣。
试植天池侧，芙蕖敢擅名。

来到上都遗址，以治疗心灵创痛，没想到这沙勒塔拉的金莲花比醇香的美酒更能解忧。

上都南临滦河上游的闪电河，北倚东西横亘的山冈，群山环抱，地势雄固，物产丰饶，交通便利，风光优美。有一条叫作小胡日哈的山脉连绵起伏，从南向北一直延伸到元上都北约二十里处蓦然停住，托起一座犹如鹤立鸡群的高峰。此峰曰乌和日沁敖包，是小胡日哈山脉的主峰，也是上都城的靠山，海拔一千六百七十三米，林木葱茂，风景秀丽，野生动植物资源异常丰富，当时成为元上都得天独厚的天然园林。此山又是名贵中草药材的天然宝库，当地牧民称之为“额穆沁鄂博”，意为药师敖包。元朝时百姓称此山为万寿山，到清朝成为察哈尔蒙古正白旗牛群苏鲁克所祭的敖包，乌和日沁乃牧牛人也。每年五至八月期间，牧民们都要从四面八方来到这里，举行隆重的祭祀活动和那达慕盛会。史料记载，元世祖忽必烈当时来上都避暑时，总要登临此山峰巅，遥望圣祖父成吉思汗生长、战斗，并掩埋其金骨的故乡鄂嫩、克鲁伦河、不而罕合勒敦圣山，合十祈祷，以泪洗面，久久不能起驾。每逢狩猎，忽必烈还以此山为制高点，观察猎物行踪，指点秋猕。自忽必烈以后，此山便成为元代皇帝们行围习武的皇家禁苑。明、清时的王公们依旧遵循祖训，为此山设立卡伦，禁止人们随意进入。正因为如此，乌和日沁敖包山和周围地区的生态得到有效保护，至今各种自然风景仍能保持原始面貌。

元上都周围的山头上有很多像长城烽火台的古建筑遗址。但它并不是为狼烟而建的烽火台，而是为祭祀而设的诸多敖包，如玛尼图鄂博、土伯特鄂博等。由此足见，祭祀敖包在元朝时期是何等隆重的庆典活动。这些敖包形态各异，大小不等。壮观多姿的元上都地貌景观和优越的地理位置，为元代帝王修建都城提供了极其有利的条件。我站在元上都古城的残垣断壁上，纵目四望，感觉到此地有帝王气，有龙盘虎踞之势，元人称之为“龙岗”是有道理的。元人写道：“龙岗蟠其阴，滦水经其阳，四山拱卫，佳气葱郁。”（王恽《中堂记事》）我似乎能够解读忽必烈之所以在此建都的秘密了。

忽必烈皇帝选择这样一个风水宝地，建立自己的都城，足以证明其聪明和远见卓识。元上都“北带绝幕，南控中夏”，地势险峻而交通四通八达，南有四条驿道通向大都和汉人居住的各省，北通和林和蒙古诸部，东可至辽阳行省和契丹、女真故地，西可经汪古惕、甘肃、青海、西藏以及河西走廊到中亚，战略位置十分重要。上都不单是蒙古地区最大的都城，同时也是仅次于大都的元朝政治、经济、军事、文化艺术中心。元代诗人胡助在《纯白斋类稿》中写道：“都城百万户，丧车日喧阗”，可见上都当时的繁华景象。诗句虽然有些夸张，但当时上都城内的总人口决不少于三十万。据有关资料所载统计，外城街区内有大小官署六十所、手工业管理机构和厂局一百二十余处。还有鳞次栉比的商肆，大官和平民百姓的住宅不计其数，单工匠有三千多户。城内外建筑遗迹和街道布局至今依稀可见。

据《元史·上都》记载，上都共有外城、皇城和宫城三重城组成。外有护城河和护城墙，雄伟的城墙高十余丈，墙顶宽二丈。整座城墙朝南坐北长方形，周长十七华里，均由黏土夯筑，外砌砖石，东西南北各二门，门外各设瓮城和城楼。皇城在全城偏东南，城墙夯土筑就，外砌青砖，东西各二门，南北各一门，每面墙长八百步。皇城正中偏北是皇帝居住的宫城，城墙仍是夯土包砌砖石，东西宽三百四十步，南北长三百七十步，东西南三面有门。大明、宝云、仪天、宸丽、慈福、鸿禧、水晶、穆清、崇寿、通明、鹿顶、玉德、明仁、五花、连香等殿，大安、统天、万安、睿恩、仁寿、宣文、延春、紫檀、凝晖等阁，绿珠、瀛洲两亭以及拱辰堂等重要建筑都在宫城内，另外，东北角有华严寺，西北角有乾元寺，东南和西南二角各有一座庙宇。城内宫殿建筑各自成格局，互补对称，有泉池穿涌其间，花草树木成荫，园林特色和游牧生活痕迹十分明显。皇城西北部山岗区正中还有一座大型院落，是文献所记载的御花园、后苑或北苑，原是栽培奇花异草和驯养珍禽异兽的地方，马可·波罗记载的豢养猎豹、老虎、狮子、大象和海东青的地方也就在这里。“忽必烈皇帝所建的该城内有大理石宫殿，甚美，其房舍内皆涂金，绘种种鸟兽花木，工巧之极，技术之佳，见之足以娱人心目。宫殿在市中心，外有高大的城墙，城墙总长足有十六海里。”西方人马可·波罗亲眼看到的都与此相符。

元上都宫城内星罗棋布的宫殿建筑群中，最为举足轻重的属大安阁。“大安御阁势岩亭，华阙中天壮上京。”[①]“大安阁是广寒宫，尺五青天八面风。”[②]“大安阁下晚风收，海月团团照上头。

① 出自周伯琦《次韵王师鲁待制史院题壁二首》。

② 出自许有士《竹枝十首和继学韵》，《至正集》卷二十七。

谁道人间三伏节，水晶宫里十分秋。”[①]这些元代诗句都着重描绘了大安阁高耸入云的雄伟气势。当时国家的重大庆典，皇帝的即位仪式，都在大安阁举行。

水晶宫则采用了蒙古包穹顶式结构，是一座能与当今玻璃幕墙建筑相媲美的华丽建筑。萧洵《故宫遗录》记载：“有水晶二圆殿，起于水中，通用玻璃饰，日光四彩，宛若水宫。”水晶宫俗名凉殿，是皇帝夏季乘凉的地方。殿内金碧辉煌，黄金为顶，白玉为屏，碧玉为钟，翡翠玛瑙，琳琅满目。故元代帝王常在此殿中摆御宴。元代不少诗人留下了咏上都水晶宫的优美诗句。如周伯琦在《咏水晶殿》中写道：“冰华雪翼眩东西，玉座生寒八面风。巧思曾经修月手，通时元在五云中。”萨都剌的诗云：“一派箫韶起半空，水晶行殿玉屏风。”叶衡写道：“水晶宫殿柳深迷，朝罢千官散马蹄。”水晶宫建在水上，主要是为了皇帝夏季乘凉，所以元人称它为“水精凉殿”。十三世纪波斯史学家拉施特在其《史集》中写道：“开平府的宫殿建筑，是完全按照忽必烈皇帝梦见的原样设计建造的。参加工程的学者和营造师们一致认为，最好的地点是开平府城旁草地中间的一个湖。人们起意把它排干。在该国中有一种用来代替木柴的石头。人们用这种石头烧砖把那个湖和它的源头填满；熔了很多锡进行加固。在升起达一人之高以后，再在上面铺上石板。因为水被封锁在中心了，它就从另一方面冲到另外的小草地上，流出了泉水。在那石板上面，建造了一座中国风格的宫殿，那块草地用围墙围了起来，从该墙到宫殿，立了一道木栅，使任何人不能进入草地。草地上放进了各式各样的野兽，让它们在那儿生息繁衍。”可见，游牧文化和农耕文化特色在这里得到了和谐的统一。

---

① 出自杨允孚《滦京杂咏》。

富丽堂皇的建筑群不仅仅在宫城和皇城内，元代记载中常提到的西内殿、失辣斡耳朵、棕毛殿等别具一格的建筑均在上都城外。其中棕毛殿是上都著名的宫殿。元代蒙古族诗人萨都剌写道："上苑棕毛百尺楼，天风摇曳紫绒钩。"《经世大典》记载，泰定二年（一三二五）二月十六日，"敕造上都棕毛殿铺设，省下随路民匠为之。九月十三日输之留守司。成造地毯二扇，积二千三百四十三尺。"[①]我们可从地毯的面积推测该殿面积有多大，皇帝常在此殿召见大臣或为宗亲、世臣赐宴。

元上都众多豪华宫殿中，最具游牧文化特色且最宏伟的建筑要数失辣斡耳朵了。元代文献中，"失辣"亦作"昔辣"，汉译为"黄色"，"斡耳朵"汉译为"宫殿"，常称"毡殿"，是蒙古包式的大营帐，其墙体骨架、天窗支架均用桦木制成，再用彩绳加以牵固，外用白毡覆盖，帐顶饰以织金锦缎、缨子，墙内皆涂金，绘种种鸟兽花木，金碧辉煌，宏伟壮观。元代诗人柳贯《观失辣斡耳朵御宴回》诗注曰："车驾驻跸即赐近臣，洒马奶子筵，设毡殿失辣斡耳朵，深广可容数千人。"[②]蒙古人在这里把行军途中用七十头犍牛拉动的大汗行帐（房车），从大车上搬下来放到了地上，这应该是从游牧生活过渡到定居生活的重要标志之一。

上都，蒙古人又叫作"兆奈曼苏默"，意为一百零八座庙。这只是附会佛经里常提到的一百零八之数而已，上都的寺院庙宇远不止一百零八座。仅《元史》记载的著名寺院就有一百六十七座之多。诸如华严寺、乾元寺、天元寺、开元寺、弥陀院、庆安寺、弘正寺、黄梅寺、帝师、宣圣寺、贺胜寺、万安寺、孔子庙、祭祀神祇庙、清真寺、礼拜堂、三皇庙等，当时都曾是信众

---

① 《大元毡罽工物记》。

② 《柳待制文集》卷五，《四部丛刊》本。

潮涌、教徒云集、法事庄严、礼拜隆重的朝觐圣地。当然，兴建寺院并非开始于上都，此前建造的哈喇和林就曾有十二座大型寺院。辽金时代遍布各处的众多佛寺作为一种可供仿效的范式，悉数进入了蒙古人的手。大草原游牧部族契丹、女真等虽然都建立政权，一度强盛繁荣，但出于统治阶级的需要信奉佛教，要人们凡事都向佛祖三宝祷告以求赎罪消灾，而不必自己掌握自己的命运。结果，使得自己的种族意志萎靡、才智枯竭还不算，为兴建寺庙耗费大量财力，导致经济衰退以至崩溃，最后走上了亡国之路。元代史学家们虽然对他们的沉痛教训进行了总结，但这并没能引起蒙古统治者们的警觉，出于政治需要而不是为了民族利益，他们不久就重蹈了前朝的覆辙。蒙古人原初信奉的是萨满教。出于征服各地的政治需要，自成吉思汗时期开始，对各种宗教采取包容政策，只要对征服有利就鼓励自由信教。结果，据至元二十八年统计，全国已有寺院四万二千三百一十八座，僧侣、尼姑二十一万三千一百四十八人[①]，所以当时有“宋朝宫殿元朝寺”的说法。蒙古贵族纷纷放弃原创萨满教，西北各部改信聂思脱里教、伊斯兰教，南部各部皈依佛教或道教，不单自己信奉，也强迫属下军民入教。元朝皇帝自忽必烈到妥懽帖睦尔，先后延请了十四位国师，这足以说明政教合一思想何等的根深蒂固。对宗教采取的包容政策，从短期来看虽然对元朝扩张疆域、与各国和地区进行文化交流产生了积极作用，但对蒙古人的种族群体来说，并没有带来裨益，反而蒙蔽了他们的智慧，消耗了他们的元气。社会上层建筑中作为意识形态组成部分的宗教，是随着人类社会制度的形成而产生的，由原初的自然崇拜演进为灵魂崇拜、图腾崇拜、祖先崇拜、神灵崇拜，再由万神崇拜（即多神教）衍

① 《元史》卷十六，《始祖本纪》十三，第359页。

变为对统治支配所有神祇的众神之王的崇拜——即一神教，如从赫哲、鄂温克、鄂伦春的萨满、藏族古代本巴教、南非不须曼人的原始宗教等部落宗教演进为像犹太教、日本神道教、印度教那样的种族宗教，进而发展成为佛教、基督教、伊斯兰教这样的世界性宗教。在这个发展过程中，各种宗教与特定的种族群体利益相互交融，形成其组织、教义、戒律，具备凝聚和发展种族的功能，并渗透到社会各个阶级阶层和政权机构，发挥积极的作用。无论在哪个地方，也无论是哪个民族，只要是建立过政权的城邑，总有教堂寺院如影相随。然而，宗教是属于定居聚落和城邑的文化概念，对于游牧部落则其情况有所不同。千百年来萨满教虽然在一定程度上支配了游牧民族的精神世界，但终未能形成完整的教义教规体系，也未具备组织和凝聚种族的功能。随着社会发展，它已无力抵挡其他宗教的侵袭和渗透，渐渐失去了被政权利用的价值。自从阔阔出萨满因插手政治而被成吉思汗的弟弟斡赤斤折断脊梁殒命后，大概没有第二个萨满出现在蒙古帝国政坛上，其位置自然由其他宗教取而代之。这主要是因为萨满教未成为能够维护种族和政权利益的文化现象。千百年来蒙古人从来没找到足以使得种族凝聚、政权巩固的属于自己的宗教。被外来的宗教愚弄麻木数百年，现在想来实在是得不偿失，但为时已晚矣。

上都城内林林总总的楼阁殿堂，伽蓝寺院在阳光下反射出五彩光芒，轻风过处铁马声声、香烟缭绕，使人恍若置身太虚界，而皇城西北边方圆五十华里的御花园里，绿茵般的草地上花木丛丛、溪水潺潺、嘉兽成群，使人领略到大自然的天然美。“里面有肥沃美丽的草场，并有许多小溪流经其间。鹿和山羊都在这里放牧，它们是鹰与其他用来狩猎的猛禽的食物。”马可·波罗所描述的，正是这个御花园。多桑也曾记述忽必烈不仅在御花园里游玩，而且在里边养殖许多野兽，当作行猎习武之所。

上都城城墙后，有几个类似烽火台废墟的土包，那是当年架设天文仪器的司天台遗址。忽必烈皇帝十分重视观测天象，一二六七年阿拉伯人札马鲁丁将其编撰的《万年历》和创制的七件天文仪器献给忽必烈，后来把那些仪器安放在这里，用以观测天象。现在人们虽然公认达尔文的进化论，认为人类是从猿进化而来的，是劳动创造了人类，但有趣的是近年来也有科学家提出了人类原本生活在外星的假设，认为人类在那时已达到发展的顶点，把大自然掠夺个精光，后因发生瘟疫，有少数人乘宇宙飞船出逃，在地球上坠落而失去了原有的智力，退回到蒙昧状态，他们的智力到现在才逐渐得到恢复。十三世纪大概是蒙古人智力恢复的暴发期。或许他们因为眷恋远在蒙昧时代以前的那个故土，才对天文学产生浓厚兴趣的吧。窝阔台于一二三三年诏令制造浑天仪，而蒙哥汗首先建立了司天馆。忽必烈不仅在上都，后来在大都也设置了同样的机构和设施。中亚几个蒙古汗国的汗也十分重视观测天象。因而从当时的蒙古人中涌现出许多星象家和卜卦者，掌握自然界的规律，能够精确计算日蚀、月蚀的周期。这是我们民族的文化遗产，就是今天也有参考价值。然而历史的车轮滚过七八百年后，人类文化和社会发展达到前所未有的高度，别人已制造宇宙飞船飞到了古代蒙古人用肉眼观察过的星体，而我们不用说制造飞船，就是把当时蒙古人用过的天文仪器放在跟前，有几个能够使用呢？

上都在当时蒙古人心目中留下了怎样的印象？除了元代蒙古族诗人萨都剌的诗，我们几乎找不到其他的文字记录。萨都剌的《上京杂咏》虽然是用汉文写成，但毕竟是带着蒙古人的眼光和情感去观察和构思的，所以读这些诗能够从更贴近的角度感受祖先们永铭寰宇的足迹、崛起昌盛的都城，备感亲切。

一派箫韶起半空，水晶行殿玉屏风。
诸生舞蹈千官贺，高捧葡萄寿两宫[①]。

凉殿[②]参差翡翠光，朱衣华帽宴亲王。
红帘高卷香风起，十六天魔[③]舞袖长。

大野连山沙作堆，白沙平处见楼台。
行人禁地避芳草，[④]尽向曲栏斜路来。

院院翻经有咒僧，垂帘白昼点酥灯。
上京六月凉如水，酒渴天厨更赐冰。

祭天马酒洒平野，沙际风来草亦香。
白马如云向西北，紫驼银瓮赐诸王。

牛羊散漫落日下，野草生香乳酪甜。

---

① 两宫：指皇帝和皇后。

② 凉殿：指水晶宫。

③ 天魔：古代宫廷乐舞。起于西域，传于唐，盛于元。忽必烈依照西域龟兹舞、回纥舞及蒙古舞，创编成新的宫廷舞。据《元史·顺帝本纪》载，表演者为宫女十六人，头垂发辫，戴象牙佛冠，身披缨络，着大红销金长短裙、金杂袄、云肩、合袖天衣、绶带鞋袜，扮成菩萨像而舞。元代诗人张翥《咏天魔舞》诗云：“十六天魔女，分行锦绣围；千花织步幛，百宝贴仙衣；回雪纷难定，行云不肯归；舞心挑转急，一一欲空飞。”到了元末，天魔舞一出，不仅皇帝迷恋，达官贵人也为之倾倒。

④ 上都城内建筑物外，遍地种芳草，不许行人践踏。其意为游牧民族兴于草原，不可忘记本源，应保护生态，善待大自然。叶子奇《草木子》载：“元世祖思创业艰难，移沙漠莎草于丹墀，示子孙勿忘草地，谓之誓俭草。”

卷地朔风沙似雪，家家行帐下毡帘。

紫塞[1]风高弓力强，王孙走马猎沙场。
呼鹰腰箭归来晚，马上倒悬双白狼。

萨都剌（一三〇〇—一三四八），答失蛮氏，元代蒙古族著名诗人，字天锡，号直斋。祖思兰不花、父阿鲁赤从元世祖、元英宗征伐，以武功镇守晋北大同路一带。萨都剌生于代州（今山西代县），代州为古之雁门，故自名其诗集为《雁门集》。萨氏年轻时家境贫寒，元泰定帝丁卯（一三二七）登进士第。历任京口录事司达鲁花赤、南御史台掾、燕南宪司照磨、闽海宪司知事、燕南宪司经历等职。他在南台期间，曾于元统二年（一三三四）奉旨赴上京，写下了十首《上京杂咏》，记录了元上都宏伟华丽的建筑、宫廷礼仪、自然风光和人文景观。这些诗具有浓厚的民族特色和很高的艺术价值，对“诈马宴”的描写尤为精彩。元代每年六月三日车驾行幸之处，张宴会于御前，曰“诈马宴”，又名“质孙宴”。周伯琦《诈马行序》中写道：“上京岁六月吉日命宗王大臣及近侍，服所赐质孙珠翠、金宝、衣冠、腰带，盛饰名马，清晨自城外各持彩杖，列队驰入禁中。于是上盛服御殿临观，乃大张宴为乐。惟宗王戚里、宿卫大臣前列行酒，余各以所职叙坐合饮，诸坊奏大乐，陈百戏。如是者凡三日而罢……名之曰‘质孙宴’。‘质孙’，华言一色衣也，俗呼为‘诈马宴’。”关于“诈马”一词的考释，从元代至今，史学界众说纷纭，却一直未能提供满意的答案。元末人王袆、叶子奇等人曾企图作解释，但二人都没有亲见“诈马宴”，只是捕风捉影、望文生义而已。

① 紫塞：指长城。崔豹《古今注·都邑》：“秦筑长城，土色皆紫，汉塞亦然，故称紫塞焉。”

清高宗乾隆“考证”说：“‘诈马宴’乃蒙古语‘掌食之人’”，又说：“‘质孙’为‘马之毛色也’”，荒唐之极。日本人箭内亘作说，“诈马”乃“蒙古旧俗”之“赛马”，更是刻画无盐。近年来，不少学者研究解释“诈马”。韩儒林先生说，“‘诈马’一词应来源于波斯语 Jamah，意思是‘衣服’。”纳古单夫则说“卓玛宴即全羊席”。然而，这些猜测都缺乏根据，不足为凭。“诈马宴”，从宴会形式看，很像《成吉思汗祭奠》中提到的“衙玛赐宴”或“察罕苏鲁克祭”；从宴会举行的时间看，也许是《十福经白史》说的蒙古人传统四季宴之一、每年六月择日举办的“那兀尔宴”或“撒马宴”，“撒马宴”即挤奶宴。如果说“诈马宴”就是“撒马宴”，还比较可信。《十福经白史》记载，成吉思汗在五十岁时得了一场大病，经多次访医求药仍不见好，最后诏令，挤九十九匹白马之奶水献祭九十九天界诸神，禳解灾殃，果然康复。于是颁布札萨令，要求每年这时全国举行盛大的“撒马宴”，祈祝成吉思汗万寿无疆。后来这种祭祀活动便相沿成习。“察罕苏鲁克”指的就是九十九匹白马。总而言之，元代官方和民间庆典活动繁多，与此相应的张筵之风亦很盛行。因此，歌舞艺术也得到了很大的发展。成吉思汗时期，蒙古草原上流行着起源于萨满教艺术的踏歌，这种舞蹈以手鼓、四胡和胡笳等乐器伴奏。到了忽必烈时代，由于统治范围的扩大、东西方文化的交流，吸收了其他国家和民族的艺术精华，创制了宫县、登歌、大成之乐、大宁曲及上寿曲、社稷乐章、雅乐、细乐、胡乐、清乐和大乐等。到了至元七年（一二七一），单是乐工人数就达到七百二十四人之多，诸坊总人数有多少，可想而知了。舞蹈，除了名目繁多的宫廷舞，如“崇德之舞”“定功之舞”“武定文绥之舞”“内平外成之舞”等以外，还有赏心悦目、风靡一时的“天魔舞”。每次设宴都以歌、乐、舞助兴，所谓“一曲霓裳才舞罢，天香浮动翠云袍”（迺贤《金台集》）。传说蒙古民间流行着一首名为“阿剌来”的歌曲。南宋丞相文天祥被俘后，把他解往大都。途中听到了蒙古骑兵敲击马镫歌唱此曲，文天祥大惊失色，问：“此何声也？”押解的士兵答道：“起于朔方，乃我朝之歌也！”文天祥仰天长叹道：“此正黄钟之音也，天时已移于北方，南人再不复兴矣！”（事见《至正直记》）誓不向异族皇帝称臣、时刻在怀里藏刀的这位诗人，曾将自己笃信的民族气节一直保持到头颅落地，面对蒙古君臣们苦口婆心的劝说他不曾心动，面对蒙古武士们的威逼恫吓他也不曾丝毫畏惧，但有趣的是，听到一首歌词都听不懂的异族民歌，他竟如此心惊胆战、惊恐莫名。那首歌曲肯定具有排山倒海的气势和摄人魂魄的艺术感染力。不久前，从阿鲁科尔沁旗发现的《胡兰昭饶》《拨马群》《乌日图昭日格》等林丹汗时期的宫廷歌曲，或许就是从那时候流传下来的曲目吧。

遗憾的是，许多珍贵的艺术品都没能保存下来。其原因在于审美主体不是广大民众，而是以皇帝为中心的少数统治者。很多东西，统治者是不会让广大民众分享的。而他们自己也不会当作真正的艺术品去欣赏以陶冶情操，只是拿它作荒淫奢靡生活的调料，结果糟践了艺术不算，还断送了江山。从某种意义上说，元朝的覆灭是从建造上都那一天开始的。游牧民族在马背上取得了天下，却在楼阁殿堂中丢掉了江山。当中原汉人纷纷脱离他们的管辖，扯起各自的旗帜，矛头指向蒙古人的时候，他们在干什么？妥懽帖睦尔正在他的宫中广纳汉地美女，欣赏裸体舞，并修藏传佛教噶玛噶举派黑帽系第十四世活佛乳必多吉所传授的密宗教演揲儿法——所谓“方便道”，极尽淫乱之能事。当有人星夜驰报红巾贼已向京畿进犯时，他说：“朕不管天下，自会有人管。”他指的是谁？指朱元璋，抑或是指他儿子爱猷识理达腊？自从爱猷识理达腊册立为皇太子后，争夺皇位的斗争在父子之间好不热闹地展开。他们之间的矛盾，致使朝廷纲纪废弛、朝臣彼此反目，直接引发孛罗帖木尔和扩廓帖木尔所率领的朝廷两支劲旅之间的战争。这恰好给朱元璋以积蓄力量的机会。甚至起义者们铆足了劲，以势不可当之势逼近大都城下时，蒙古人还在窝里格斗、相互残杀。内忧未尽，外患燃眉，蒙古人不得不惊醒，但为时已晚矣。

朱元璋的军队多如牛毛、势如飞蝗，分三路铺天盖地蜂拥北上，下长芦、克清州、至直沽。守卫海口的元丞相也速帖木尔望风而逃。明军又偷袭罕八里东南门户通州，元知枢密院事卜颜帖木尔率兵出大都迎战，兵败被杀，梁王孛罗被擒，元都大震。至正二十八年（一三六八）闰七月二十八日，元惠宗在大都清宁殿召见群臣，谕以巡幸上都。谅他也不可能想出别的办法。扩廓帖木尔在太原，纳哈出在辽东，李思奇、张良弼、脱列伯和张思道等在河南，虽说都有重兵在手，但谁也来不及增援。左丞相失列门及知枢密院事黑厮、哈剌章、宦官赵伯颜不花等极力劝阻，妥懽帖睦尔不从。宦官赵伯颜不花恸哭道：“天下者，蒙古人之天下，陛下当以死守，奈何弃之！臣愿率军民及诸怯薛歹出城拒战，愿陛下固守京城。”知枢密院事哈剌章力劝：“贼已陷通州，若车驾一出，都城立不可保。金宣宗弃城南奔之事可为殷鉴，请死守以待援兵。”顺帝曰：“也速已败，扩廓帖木尔远在太原，何援兵之可待也，朕志已决，毋庸多言！”并命淮王帖木尔不花监国，庆童为左相，同守京城。赵伯颜不花再三泣谏，顺帝拂袖还宫。知枢密院事哈剌章痛哭不已。左丞相庆童叹曰：“吾知死所，尚何言哉！”至夜半三更，顺帝率三宫后妃、皇太子、皇太子妃、带传国玉玺及宫内珍宝、金册，开建德门北奔上都。扈送的官员有左丞相失列门、平章政事藏家奴、右丞定住、参知政事哈海、翰林学士承旨李百家奴、知枢密院事哈剌章、王宏远等百余人。

二十九日，车驾至居庸关。适逢大雨，道路泥泞，这支奔逃的队伍也不敢停歇，跌跌撞撞继续赶路。而“以诸宝装成之大大都城”于八月初二被攻陷，留守京城的淮王贴木尔不花、左丞相庆童及右丞相张康伯、朴赛因不花、御史中丞满川、左丞丁敬可、大都总管郭允中等，宁死不屈，顽强抵抗，以身殉国。于八月初五，妥懽帖睦尔在半路上听到这个不幸消息，立刻下马长跪，痛哭不已。于是乎传下了那首《妥懽帖睦尔罕之哭叹歌》。罕八里的攻陷，意味着蒙古人的青旗在中原大地完全倒下，蒙古人百余年来浴血奋战争得的地位、所建立的社会体系随着这一面旗帜的倒下而轰然解体，化为乌有。元朝本来没有统一的牢固的文化和财政基础，仅靠武力迫使各式各样的种族部落臣服，加上宫廷生活糜烂、皇族争权夺利斗争激烈、种族群体意识淡薄，其覆亡终将是必然的。

妥懽帖睦尔经过十七天的艰难旅程，终于到达上都，见到的却是一片废墟。十年前他虽然听到过上都城被红巾军捣毁的消息，但从未想到毁坏得如此面目全非。当年每逢夏季像候鸟般成群结队而来时，以常新的姿容迎接他们的那些华丽殿堂、寺院庙宇如今不复存在，只有那些眼窝眍瞜、鼻梁塌陷的骷髅般黑乎乎的断壁残垣映入眼帘，使得妥懽帖睦尔又一次失声痛哭、滚鞍落马。

十年前的至正十八年（一三五八），反对蒙古人的起义正在中原大地此起彼伏。红巾军头目朱元璋、徐寿辉分别攻占了江东和江南，而占据长江、黄河间数省地盘的起义军头目刘福通则立韩林儿为帝，国号大宋，将其多如蝼蚁的兵卒分成三路北伐。其中，由关先生（关铎）、破头潘（潘城）率领的中路军自曹州出发，沿路攻破陵川、沁州、冀宁、完州、大同等城池，直取兴和，十二月中旬践踏着金莲川遍地的金莲花根茎进攻上都。当时的上都甚至没有一支足以提供有效保护、使其免遭灭顶之灾的守军，蒙古人根本没有想到留这么一手。大概是远离中原的地理距离，湮灭掉了他们的心理防线。要不然，曾经把人家千百个城池夷为平地的游牧民族，竟然忽略设重兵防守自己的都城，是不可思议的。忽略和麻痹、戒备心的淡薄，终使他们蒙受无可挽回的损失。起义军不费吹灰之力，没有任何伤亡，甚至几乎没有遇到抵抗，仅仅仰仗着人数之众，将英雄民族的城池攻陷。在他们看来，蒙古人根本没有资格统治中国，自然就不该拥有自己的都城。他们将游牧民族英雄祖先们累世聚集起来的财宝抢掠一空，把那些旷世杰作、难以估价的建筑艺术之宝投入了火海。大火连烧了七天七夜。然而，即使恶棍们离开上都流窜到远方之后，竟没有人出来扑灭大火，采取补救措施。当时的蒙古人竟然到了这种地步：眼看着同伴们为种族群体的利益纷纷牺牲而不感到悲痛，眼看着亲人和家园遭到仇敌的屠戮洗劫也不感到痛恨。烧毁的所有东西中，最为珍贵的是国史院中收藏的图书文献。那些馆藏文献中，不但有来自印度、西藏、欧亚各国各地区的政教典籍，还有如今已无处寻觅却足以弥补成百上千年历史空白的详细记载蒙古人的族源、成吉思汗前后诸多史事的编年体文献，以及有关人类历史宗教、文学艺术、社会文化诸多方面的珍贵资料。离开火光冲天、浓烟滚滚的上都后，无赖们得意洋洋向东出发，闯进全宁路（今翁牛特旗乌丹），仍如前法炮制。一直掳掠到辽阳，被元朝大将纳哈出彻底打垮，首犯关铎落网，被处以火刑。同伙破头潘逃脱后，纠结其余党掳掠大宁（喀喇沁），继而再犯上都时，遭遇元代大将孛罗帖木尔而全军覆没。破头潘被捕投降，不久复叛，被扩廓帖木尔抓获。而实在不可思议的是，蒙古人明知他是毁灭其民族文化的元凶，竟然不加以惩诛，继续留在身边。毁灭他人文化的那些恶棍虽然得到报应，被成吉思汗的黑色大纛震得粉身碎骨，但被他们付之一炬的那些文献却再也不能复原了……

皇室避暑的夏都焚毁，似乎使妥懽帖睦尔略有醒悟。他调集河南、山西地区察罕帖木尔、李思齐和山东张士诚的优势兵力，在长江、黄河之间剿灭红巾军，捕杀了刘福通，但终未能踩灭在江东蔓延已久的起义火种。在中原地区结束元朝统治的朱元璋势力范围正在那里。

尽管大都沦陷，元廷北迁，但元朝仍保存着相当完备的政权体系和军事力量，因此妥懽帖睦尔也不得不为收复罕八里而尽其所能。上都的皇城宫阙虽然在十年前就已化为废墟，但外城街市、部院衙署、官邸民宅尚在，还有忽必烈时期以上都为范本建造的察罕脑儿小红城也侥幸未遭破坏。所以据此安营扎寨，权作抵挡明军进攻的前沿堡垒，试图重新整饬军政。此时，陕西、甘肃有扩廓帖木尔，山西有李思齐、张良弼，云南有梁王把匝剌瓦尔密，辽东有纳哈出，甚至青海西藏乃至中亚地区的诸宗王手下也均有重兵，只要统一调度以形成合力，打垮尚未站稳脚跟的明朝，是不难做到的。然而，丢失了大都而丧失中央集权的地位和权威的元朝政权，一蹶不振，风光不再，没能进行足以整合各路力量的有效部署。这使得对方有足够的空间发展壮大，倒过来把他们彻底摧垮。

至正二十九年（一三六九）六月初一，明朝副将常遇春、偏将李文忠等率十万大军从北平出发，出古北口北征，经三河、越鹿儿岭，败元将江文清于锦川（今河北承德西南），至会州（今辽宁平泉）。六月初五，元丞相也速率兵应战，与明军大战于全宁（今内蒙古翁牛特旗），“也速公战不利，退至大帽山”。初七，败讯传到上都，惠宗急召群臣，议幸和林。十二日，“众贼克大宁（今内蒙古宁城）”，元中书右丞脱火赤迎战，因“脱公嗜酒，醉而踣于阵，为贼所擒，士卒尽没”。十三日，惠宗弃上都，奔应昌（在今内蒙古达里诺尔西北岸）。十五日，晃火帖木尔王与明军大战于新开岭，失利，晃王单骑陷阵，以身殉国。十七日，明军再次攻克上都。常遇春尾随追击惠宗数百余里，不及而还，遂俘其宗王齐克慎、平章鼎住等，屠杀将士、平民三万余人，掠取车万辆、马三千匹、牛五万头、羊几十万只。明军这次攻破上都后，不仅彻底捣毁了所有建筑，尤其留心搜罗那些十一年前有幸躲过浩劫的文献典籍以及惠宗从罕八里撤退时带过去的珍贵史册，付之一炬。

帝国的夏都、国际名城上都，就这样仓促结束了自己的历史行程，湮没在大地怀抱。甚至没能用自己的语言留下哪怕半句遗言。对于蒙古人，乃至对于世界历史而言，十三世纪是伟大的。凡是伟大的东西，世间罕见且脆弱易逝，难得永年。即使驾驭伟大时代的人已不再世，事情竟也如此。到达巴力斯和屯（应昌）之后，妥懽帖睦尔每每想到江山破碎、两都尽失，痛恨无极，终因悲痛郁闷而身心交瘁，于至正三十年（一三七〇）四月廿八日驾崩。弥留之际，太子及群臣们再三请他留遗嘱，他却径自哼哼唧唧吟诵着自己的《哭叹歌》咽了气。奉命剿灭元朝残存势力的明朝将领李文忠，这时安营在荒草丛生的上都废墟，窥伺元军动静。得悉惠宗已驾崩，便欣喜若狂，日夜兼程去攻打应昌。元昭宗爱猷识理达腊固守城池，奋力抵抗，苦战三日，终因寡不敌众，弃城北退。李文忠率精兵追至庆州（今内蒙古巴林右旗北部苏布力嘎），不及而还。俘虏惠宗嫡孙买的巴刺、后妃宫人、诸王、省院达官等，掠走了王印、金宝玉牒、镇圭、大圭、玉斧等无数珍宝以及驼马牛羊。自秦始皇以来历经各朝皇帝之手相传的传国宝玺，他们却没能抢到手。蒙古帝王持有那方宝玺长达四百余年，直到后金崇德年间方落入皇台吉之手。攻破巴力斯和屯

（应昌）之后，明军又放火烧城，把历代皇帝前来消夏时带过来的许多蒙文典籍以及鲁王所收藏的汗牛充栋的书卷，悉数焚毁。一三八〇年，蒙古帝国另一个都城哈喇和林也遭到了同样的厄运。人类世世代代流血流汗，辛辛苦苦创造的文明，原来如此脆弱，不禁摧残。毁灭文明，是愚蒙褊狭的恶棍才干得出来的恶毒行径。

看守上都至今的唯一主人——那尊石头人，经数百年风雨侵蚀，失魂落魄，五官难辨。但他雷打不动守原地，傲然挺立誓不倒地，实在令人敬佩。这样的石头人东乌珠穆沁旗的图默图草原、呼和尔楚克萨阿买、达尔罕茂名安联合旗以及蒙古国达里刚嘎都有，大多是突厥陵墓石人。六—八世纪突厥汗国自远东女真经中亚、西到黑海沿岸的广大地区留下了自己的足迹，并在游牧民族中首先使用了表音文字，《阙特勤碑》《暾欲谷碑》《苾伽可汗碑》足以证明其文化艺术已达到了相当水平。库蛮人[①]的习俗是，贵族以及功臣名将死后，在墓葬处建庙堂每年祭祀，用石头雕成墓主人塑像，使之面朝日出方向站立，前面按其生前杀敌之数摆放石子。从族源来说，突厥和蒙古早先虽然是同宗，但其习俗后来也有了些差别。如突厥人穿左开襟衣服，鞑靼人却穿右开襟衣服。有趣的是，突厥陵墓石人穿的都是右开襟衣服。上都废墟上的石人也穿右开襟衣服。尽管由此可以认为，突厥人和蒙古人在历史上曾相互影响彼此的文化，或者那些石头人就是属于蒙古人的雕塑，但这毕竟是考古课题，暂不讨论。上都废墟上出土了琉璃瓦、石桌、芙蓉状喷泉柱基石、铁瓦当、琉璃球、石头炮弹等文物，而曾与成吉思汗九斿大纛一起立在城中央作为国威象征的五百斤重的硕大月牙斧，据说如今已被收藏在正蓝旗博物

---

① 库蛮人：即钦察人。

馆。这些文物对文化历史研究的意义非同一般。如果说，史书典籍为历史研究提供文字资源，那么，实体文物则为准确描述当时社会面貌财政状况、考订尚未进入历史记载或记载有误的事实、解决历史研究尚未涉及的问题提供可能，所以不仅对考古学不可或缺，即使对文学创作也有十分重要的意义。但是因为时间紧，我们没有机会观赏那些文物。

上都不应仅仅是个古城遗址，而首先应该是历史学和文化学的概念。要真正了解她，走马观花、浅尝辄止是远远不够的，必须运用各种学科复合望远镜和显微镜来纵深观察剖析其深层次底蕴。有关上都的文字记载虽然寥寥无几，但这里的每一块石头、每一块砖瓦，甚至每一抔土，都有可能成为读不尽的巨著。

对上都遗址，至今尚未从科研角度进行田野考古和考古发掘。出于旅游业需要，外城墙大门外两侧修建了简单的仿古建筑。遗憾的是，城池和典籍，大草原游牧民族哪一样也没能保全，他们手中几乎没有完整的东西。这只能怪蒙古人和上都当时太过辉煌了，如今变得这般贫瘠的土地，或许早已承载不起那样的辉煌。即使现代科技能够复原上都，但复原的只可能是外貌而不是内容，免不了给人以造假的感觉。据说，几年前有位日本富婆许诺倾其所有财产要复原上都，国家没有同意。这自然不是为了阻止海内外人士看到蒙古人鼎盛时期的辉煌和当时的都城，而是不愿意让外人破坏那片怀抱着无数文物宝藏的宝贵土壤而已。这样做是完全正确的。

离开上都的当儿，晴空飘来一朵云，洒下了绵绵细雨。人有爱憎，原来大自然也不乏情感。这又不像雨水，而更像泪水。见到前来拜谒的后辈，祖先们在天之灵或许洒下了感动欣喜之泪，或许洒下了依依惜别之泪，抑或想到他们没能保住都城留给后代而洒下了愧疚自责的泪？如此左右猜想着，我自己也不由流下了眼泪。当古今两行泪合流之际，云天一色的水雾中海市蜃楼般显现的上都城，在我心田生根发芽。似乎听到不知谁吟诵唐代诗人刘禹锡《故洛城古墙》：

粉落椒飞知几春，风吹雨洒旋成尘。
莫言一片危基在，犹过无穷来往人。

1996 年写于赤峰

各司其职

阿拉坦巴根 著

阿拉坦巴根 译

阿拉坦巴根

蒙古族，1957年生。享受国务院政府特殊津贴专家，中国民族语文翻译局蒙古语文室译审。二十世纪九十年代开始文化散文写作。著有《阿拉坦巴根文化研究与著译作品系列》八本。《各司其职》系列散文获《花的原野》优秀作品奖。翻译小说《大淖记事》获《民族文学》2014年度翻译奖。部分散文被选入全国蒙文高中和初中语文课本。

《蒙古秘史》中有一句话很费解，就是札木合对铁木真说的“咱们靠近山扎营住下，适于牧马，可以让咱们的牧马人到帐庐里休息。咱们靠近涧水扎营住下，适于牧羊，咱们的牧羊人，饮食方便”这句话。扎木合这段话确是比较隐晦曲折，于是就有了后世学者很多烦琐的注释。我去繁就简，解释为：“我们还是各干各的吧！”说白了就是人人各自干该干的事。

社会是由各色人等组成的，五行八作，每个人该干什么，怎么干，自然就不一样。人人该干什么就干什么，而把自己的事情办好，社会就安定、发展，如果不是，那就要出问题。举个例子，就拿皇帝来说，天一亮上朝，手握朱笔，颁诏下谕，批阅奏折，是皇帝的本职工作。如皇上不上朝，撂挑子不干了，如何是好？谁能代替他的工作呢？皇帝罢了工，岂不乱了套？所以说“国不可一日无君”，皇帝不勤政，甚至不问政，那江山易主，为期不远了。从中国历史上看，一个朝代，其开国皇帝、头几个皇帝，大都工作还可以，尤其是开国皇帝，深知江山来之不易，一般都能兢兢业业，勤于朝政，用今天的话说，工作还是勤奋努力的。圣人说，君子之泽，五代而斩。那些坐享其成，吃祖宗饭的皇帝，哪里知道打天下、治天下的艰辛？坐享其成，吃喝玩乐，斗鸡走狗，沉湎女色，视国事为儿戏，其结果是，一代不如一代，对于皇帝的“本职工作”，敷衍了事，或者干脆就不管了。明朝有个万历皇帝，在位四十多年，二十八年没上朝，用现在的话说二十八年没上班，谁也不知道他每天在干什么，万历皇帝死后不到三十年，紫禁城里的龙椅就易主了，说是明朝亡于崇祯之手，但冰冻三尺，非一日之寒，明朝在万历时已是半截儿入土了。又如我们特熟悉的元顺帝妥懽帖睦尔，亡国失都，写了忏悔诗，出了大名。顺帝的蒙语汗号叫乌哈噶图，翻译成汉文，是聪慧皇帝的意思，不知是谁起的名，或许是讽刺他的昏庸吧！这位“聪慧”皇帝，身为国君，国家大事一点都引不起他的兴致，白天做木匠活，夜间忙于淫乱之事，尽做没有用的事，被朱元璋赶出了大都，逃到蒙古故土，奈何久居内地，饮食习惯早已汉化，哪儿经受得住吃羊肉、喝酸奶的草原生活，天天拉肚子，死了。妥懽帖睦尔对于朝政一窍不通，却精于木匠活儿，有非凡的手艺，在汉文史书中有“鲁班天子”之誉。妥懽帖睦尔在大都时亲手做过一个叫“自动宫漏”的计时器，其设计之巧妙，其工艺之精良，可谓无与伦比，精妙绝伦。有好几位蒙元史专家曾撰文介绍过这个“自动宫漏”，甚至有人据此说妥懽帖睦尔是蒙古族古代科学家云云，我想这也太荒唐了。明军占领了大都，司天监把妥懽帖睦尔费尽心机做成的自动宫漏进献，朱元璋冷笑道：“不管政务，专干这个，叫做以无益害有益。”[①]，扔一边去了。朱元璋没念过几天书，是个大老粗，但他作为一个开国皇帝，深知皇帝该干什么、不该干什么。一国之主，日理万机还来不及呢，这倒好，不上班，专做什么“自动宫漏”，造玩具，像话吗？元朝不亡，才是怪了呢！这叫玩物丧志，玩物丧国。对于元朝灭亡的

① 引自吴晗《朱元璋传》，第 317 页。

原因，各种史书大都说是由于阶级矛盾、民族矛盾激化，统治阶层腐化堕落，“黄金家族”内部争夺皇位、互相残杀等等。依我看，这样模式化的、抽象的分析，套用到历史上任何一个朝代，大都适用。因为这些现象并非元朝所独有。就拿民族矛盾来说，同样是从关外入主中原的清朝，延续了三百来年，也算是中国历史上年代较长的一个朝代。元朝有民族矛盾，清朝就没有了吗？至于腐化堕落，那是历代王朝的通病，更非元朝所独有。说争夺皇位的斗争激烈，这个不假，元朝的皇位之争，那是够水平的，元朝有过六年换六个皇帝的“高纪录”，平均一年换一个，这算一条，但为争夺皇帝宝座，同室操戈，兄弟间兵刃相见，父子反目成仇，白刀子进，红刀子出的事多了去了，也非元朝所独有。因此在我看来，要说元朝亡国的原因，除了上述几条外，妥懽帖睦尔的不务正业，正如朱皇帝所说“以无益害有益”，要算一条，而且是重要的一条。别说是执掌国柄的皇帝，就拿一个普通牧民家来说，一家之主，大老爷们儿，春夏秋冬，不上草场，不放牧，不着家，整天东奔西窜，无所事事，你说这人家还有希望吗？国事、家事，其道理是一样的。

上面讲到什么是皇帝的本职工作，中心业务，尼克松说过，作为总统，应该只考虑大事、决定大事。这话听起来很有点像我们过去所说“抓纲治国”的味道。美国的总统、中国的皇帝，论性质，相差十万八千里，但就其管理国家的职责说，则没有什么不同之处。因此无论是总统还是皇帝，天天考虑操心的，应该是国计民生等大问题。如果皇帝的注意力不在这样的大事、要事上，而集中在诸如文学艺术这样的杂七杂八的事，那就糟糕。清朝的康熙、乾隆等皇帝，文化水平不低，因而对意识形态问题特别关心，尤其是乾隆皇帝，本身是诗人，据说御制诗有四万首之多。因而康乾时期的文字狱也特别多。皇帝好吟诗作赋，自然对别人的诗歌格外注意。同样是读诗，皇帝读诗和平民读诗可大不一样。一首好诗，平民读来如饮琼浆，如遇知己，其味无穷，越读越有味，进而手舞足蹈，摇头晃脑，这叫赏诗。如果诗写得不好，味同嚼蜡，不往下看，也就算了，不会找那诗人兴师问罪，教训一番，更不会要他的脑袋瓜儿。皇帝读诗可不是这样，皇帝是干什么的？按现在的分类法，皇帝属于政治家一类。皇帝读诗，政治标准第一。什么是政治标准呢？展开讲，可写成几本书，往简单里说，是否反对天朝，是否反对朕，是否想造反，这是政治标准。按皇帝的标准，作诗编诗，只能作皇帝赞、圣人颂之类的东西了。本来，诗这个东西没有什么条条框框，诗人想写什么就写什么，但事情往往出在这里，言者无意，听者有心，一句“清风不识字，何必乱翻书”，扬州举人的脑袋搬了家，你说这文人怎么个活法？不仅是诗人一个人的脑袋，因一句诗，株连九族、满门抄斩的事，多了。一首诗，一篇文章，可作多种解读，见仁见智，就看用什么标准了。如按皇帝的标准，以神经过敏的态度，用鸡蛋里挑骨头的办法，骂皇帝的诗、宣传造反的诗、希望改朝换代的诗，还愁找不到吗？

想想看，那些手无缚鸡之力的文人，写几首破诗，想与雄兵百万、牢狱遍地的天朝作对，那不是螳臂当车，自取灭亡吗？文人诗人，别说没有反骨的，就是有反骨的，他们自己都不会相信，读了他的诗老百姓就揭竿而起，帝国大厦就应声而倒了。自古以来，“枪杆子里面出政权”是屡试不爽的真理，没听说用笔杆子打天下成功的。但是皇帝却不这样看，皇帝是靠武力争得天下的，但上了金銮殿，坐上了皇位，反而非常害怕笔杆子造反，老觉得唯是唯重，百般防范，这根神经，就没有松弛过，你说这怪不怪？这是为什么？总而言之，皇帝不务正业，舞文弄墨，作诗批诗，对文人来说，凶多吉少，于国家，也不一定是什么好事。

各就其位，各司其职，说起来好像很容易，但要真正实现，难着呢！上面讲了半天有皇上时期的事情，就是皇上没有了，人们各就其位，人人能够做该做的事情、想做的事情，也不容易。举个例说，一个人，从师范学校毕了业，当了老师，本想好好教书育人，做个合格的老师，却不幸赶上“文革”的风暴，活着变成牛鬼蛇神，被扫地出门，无以为生；考上了大学，读了不少书，想当个清贫的学者，“两耳不闻窗外事，一心只读圣贤书”，一不小心中了“阳谋”，成了右派，昨天的领导、同事即刻翻脸不认人，划清界限，清除出革命队伍，没有公职，笔杆子换成锄头杆子；穷人家的孩子，从小参加革命，一切交给了党，出生入死，革命胜利了，有了一官半职，正想为国家民族做一些事情，突然就变成了叛徒、特务，手铐脚镣全上了，眼睛打瞎了，腿给打断了，好不容易熬到“平反”的一天，人已经残废，你说能干什么？就是想做一个老实本分的老百姓，也不容易，“宁要社会主义的草，不要资本主义的苗”，越穷越革命，要“穷过渡”，养两只羊，喂一头猪，就要割你的“尾巴”，非叫你变成穷光蛋，饿死不可，你还能干什么？

于是，我得出一个结论，那就是，人们能够各就其位、各司其职，该干什么就干什么，社会就能发展，这个叫健康社会。病态的社会、疯狂的社会怎么发展呢？最近我读了两本回忆“反右”运动的书，就是从书名上看，也叫人心里难过，一个叫“九死一生”，一个叫“不堪回首”。流放东北农场改造的“右派大队”中，有教授、作家、编辑、画家、导演、外语翻译，甚至有响应祖国号召，为建设新中国而放弃国外优裕生活回国工作的爱国人士，可谓人才济济，群贤毕至。这些人大多是响应组织“给党提意见”“帮助党整风”的号召，开口说真话，换来右派帽子的。本来应该做学问、写小说、画画、搞翻译、拍电影的这些人，整齐划一地戴上了右派帽子，住牛棚，挖黑土，精神与肉体同时受折磨。这些知识分子、社会精英，别说做该做的事了，能否活着回去都成了问题，其中许多人，未能挺过受冻挨饿的煎熬，未能等到“摘帽”“平反”就离开了人世。这些事情，人们不是记忆犹新吗？人的大脑指挥系统出了问题，医学上叫精神病，俗话叫得了神经病，疯了。疯者神经错乱之谓也，疯子，其言也谬，其行也怪，并常伴有针对别人的攻击行为，给社会造成不少麻烦。但疯子毕竟是少数，送到精神病院慢慢治疗就是了。最可怕者，社会的中枢神经出了问题，发了疯，黑白颠倒，是非换位。从“反右”到“文革”，直到“四人帮”倒台前，我们一直生活在这样几乎疯狂的社会。

清除了“四人帮”，拨乱反正，社会神经中枢正常了，社会恢复了常态，学生能读书，工人能做工，农民能种地，搞研究的能搞科研，真是太好了。这样的好时期，好形势，前史所无。文学家们把粉碎“四人帮”以来的新时期，称为“文艺的春天”，现在的时代，那些热衷于制造“文字狱”的人没有了，即使有，大势已去，没有人撑腰，成不了气候。文人们各司其职，百家争鸣，百花齐放，正在其时。

但是社会是复杂的。社会安定了，正常了，能够干应该干的事情了，本应该干一些事情、能干成一些事情的人，反倒心不在焉起来，就像我们那位聪慧皇帝，正事不做，热衷于无益甚至有害的事情。就拿我们刚提到的生活在“文艺春天”里的作家、艺术家来说，有的人，对“春耕”的事不怎么上心，却忙于“秋收”，没有种多少，甚至压根儿就没有种，却忙于收割入库，记账请功。还没有写两本像样的书，没有写两首能够打动人的诗，没有唱一首能够传唱的歌曲，却忙于上电视、争大奖，召开五花八门的研讨会、发表会、见面会、首发式，以炒作代替创作，将文坛当成名利场，视名利为生命，反倒把创作、艺术实践当成副业、三产，甚至干脆就不干了。这也算一种神经病，这种神经病如在社会上蔓延，对文学艺术事业、民族文化事业，是很不利的。

做学问、与书本打交道的人，应该专心致志，埋头于专业，这也是说各就其位，各司其职。但是这做学问，做真学问，不是一件容易的事情，一句话，是个苦差事。这个苦差事，任你干多少年，吃多少苦，付出多少心血，于你自身，并不带来多少实惠。这是真话。没听说古今中外哪一位学者，因其学问发了大财，进入福布斯排行榜的。您想，那些非“奔驰”不坐、非茅台不喝、非熊掌不吃、非名牌不穿的达官贵人，那些电视上有影、广播里有声、报纸上有名的所谓的“社会贤达”中，有几个是真正的文人、学者？在物欲横流、利念滚滚的大千世界，独善其身，甘于清贫，一心想做学问，确实不易。中国几千年的传统里，有一种“读书”的目的，是为了功名，是为了升官发财，“书中自有黄金屋，书中自有颜如玉”“十年寒窗无人闻，一举成名天下知”，衡量学问的尺度，学成与否的尺度，是官位。这种思想，这样的价值观，今天很难说已不复存在。所以，本来应该坐冷板凳做学问的人，经不住诱惑，弃文从政、弃文谋官者，不在少数。写到这里想到一个笑话，其实也是个真事。我认识一个蒙古史专家，不算学界泰斗也算是个名人了，有一次老先生到某旗考察，碰巧该旗的旗长是他以前的学生。学生见先生，自然要设宴款待，并请旗委书记作陪。入席，旗长起身介绍老专家是自己的恩师，史学造诣很深云云，书记听了，向老专家敬酒，“祝贺，祝贺，您的学生当旗长，超过了您，太好了！”老先生听了，不知作何答。旗长与历史学家，行当不同，本来没有多少可比性，但是人们习惯上以官大官小来衡量人，这是谁也没办法的事。官本位，唯当官是荣，是“正途”，才能“实现价值”，于是乎，千军万马过独木桥，读书人，大都相信天生我材必有用，铁了心到官场上一搏，许多有才华、有学识、有功底的学者，为区区一官半职，梦断官场，学业荒废，甚是可惜。正在写这篇文章的时候，前天有朋友来访，讲了个有趣的事。说是某大学某一届蒙语专业的毕业生，纪念毕业二十周年，主持人对到会的当了官的同学，介绍其官职，详细到是正科还是副科，说某某人当了什么大官，是全班的光荣云云，那些没一官半职的，写书编书，教书做学问的，自然就没有上这个“光荣榜”。我在这里说这个例子，无意干涉人家班内的事，扫人家的兴，问题是，我们的知识分子，放弃独立的价值观，以官位作为人生的坐标，好像不是个别的现象了。本人也是从大学蒙语专业毕业的，据我所知，蒙古语言文学专业的教学培养目标，是造就蒙古语言文学科研、教学、业务方面的专门人才，而没有培养领导干部这一说。蒙语专业毕业，教书编书写书，是本分，是再正常不过的事，如果有那么一天，我们蒙语专业的管事者突然发疯，改变培养方向，立志要多少年之内培养多少官儿，那我们那些教现代蒙古语的、教蒙古文学史的可敬可爱的老师们，岂不砸了饭碗，下岗待业？

我并不反对文人当官，更非与当了官的文人有什么私仇、成见。在这里说这些偏激的话，本意，还是想说说该干什么就干什么，能干什么就干什么。

历史学家赛熙雅乐先生，历时二十年写成一部《成吉思汗史记》，他在后记中说：“一个人在一生中做一些事情，是很自然的事情，但要成就一番事业，非常的不易。有时甚至付出毕生的精力，也不一定能成功。”这真是切身的体会。人的生命，人的能力，是有限的。一个人，不管你是想投身宦海还是学海，首先一条，考虑好应该干什么，能干什么，不能干什么，给自己过过秤，去了水分，知道净重，再做决定比较好。因为上天赐给人的时间，一般不会超过百年。如果能活一万岁，那就不用那么精打细算，斤斤计较，争分夺秒，头一个千年试着写诗，不成，下一个千年研究数学，如不成，下一个千年研究化学，再不成，可以练气功或研究营养学什么的。但这样的妄想，不可能实现。无论是皇帝还是百姓，做应该做的事，不做没有用的事，更不做有害的事、荒谬的事，那离国泰民安不远了。

2005 年

母亲的秋天

高 · 苏乙拉图 著

道 · 斯琴巴雅尔 译

高·苏乙拉图

蒙古族，1967 年 5 月 1 日生，锡林郭勒盟镶黄旗人。作品有：《鹤白马旧话》、《阿亚根湖水》等百余首诗歌，十万余字的小说。1993 年，散文《母亲的秋天》在《韵之阅》散文赛中获知识分子小组三等奖。并被选入九年义务教育初中“蒙语文”课本。另有作词谱曲的《额吉安康》《我的蒙古族中学》等两首歌。

道·斯琴巴雅尔

笔名聪喜，蒙古族，1963 年生，内蒙古正镶白旗人。内蒙古作家协会会员，内蒙古文艺评论家协会会员。出版个人作品集三部，翻译作品集四部，合译作品集七部。先后获内蒙古自治区五个一工程奖、文学创作“索龙嘎”奖、全区文学翻译二等奖、全区广播文学曲艺大奖赛小说一等奖等三十余项奖；蒙古文书法作品七次获国际书法奖。

金色秋天，如奔跑的黄羊般一个接着一个疾驰而过。我在永无止境的生活道路上追逐着自己的梦想。我的青春，与雁群一起叽叽嘎嘎度过一个又一个金秋，在阳光灿烂的日子里，尽情欢唱，自由自在地翱翔着；我想，我已到而立之年，该练就一双坚硬的翅膀了。

在母亲的怀抱里任意撒娇，吮吸母亲爱之乳汁的孩提时的秋天；背上崭新的书包蹦蹦跳跳奔向学校的童年时代的秋天；和心爱的她，在月光下恋爱，在阳光下结婚成家的青春年代的秋天……这些天高气爽、美不可言的秋季，如今已变成我心中的笛韵，不时从记忆的深处吹奏起令人感慨不已的美妙歌曲。可是唯独那个难以忘怀的金秋时节，使我享受母子相见的幸福，又使我品尝到了母子分离的忧愁悲伤；时至今日，那温馨的阳光、和煦的秋风在我心里记忆犹新，回想起来，当时的情景一一浮现眼前。所以我把那个秋天称之为母亲的秋天。

是啊，在那个秋季里，那只用慈悲的母爱嘎嘎叫的老雁就是我母亲！

为看望儿子，我的母亲变作一只苍老的鸿雁，从我察哈尔故乡那斟满奶酒的银碗般的小嘎拉森淖尔，展翅飞向我维持生计的乌珠穆沁草原，并在那里和我一起度过了秋季。

那次，是母亲走下班车时我与她不期而遇的。是没想到母亲突然来，还是因为日日夜夜都惦念着她老人家，我为这做梦也想不到的邂逅相遇而高兴得几乎要发疯了，差点失声哭起来。

多年来的游牧生活，牧区妇女繁重的体力劳动，几十年的风风雨雨，在母亲身上留下了许多烙印。

我见到母亲后不由得在心中流泪。母亲穿着一件由于洗了多次而从衣袖、衣襟开始褪色的蓝色上衣；当时恰恰是烈日暴晒的孟秋时节，但她因风湿病生怕着凉，里面还套着一件棉坎肩。这身穿着不仅很适合母亲艰苦朴素的生活习惯，而且还自然而然地突显出她慈祥的脸庞和温和的目光。但是看到她的这身穿着，作为儿子，我却思绪万千，心里很不是滋味。可怜的母亲啊，孩儿从上学到成为一名教师，是您含辛茹苦把我养大，用慈悲的母爱教诲我成长的呀！现在我虽已成家立业，而且夫妻俩都是领工资的教师，但至今没给母亲买一件像样的衣服呢！

想起这些，我便惴惴不安，总觉得母亲的恩情我终生难以报答。那次母亲来，正赶上我和妻子手头拮据的时候。当时地方财政困难，全旗上下都拖欠着两三个月的工资。母亲千里迢迢专程来探望我们，作为子女，我俩怎么也得让她老人家吃点蛋糕、水果、软糖之类吧；最起码要做几顿像样的饭菜好好招待她老人家才对呀。

母亲看到我们生活窘促，把自己做盘缠剩余的钱全都交给我，微笑着说："孩子啊，妈也不是外人，一家人还分什么你我呢？你们可不要因为我乱花钱啊！"我无可奈何地望着母亲慈祥温和的目光，肿胀的手指和不得劲地攥在手里的纸币，打心眼里感动，霎时间，泪水潮湿了睫毛。

在那幸福的太阳光芒四射的秋季里，那一段既平凡又不平常、金风飒飒送来喜悦的日子永远属于我母亲。斑斓多彩的秋天是随同我母亲远道而来的。

在乌珠穆沁，群山在天边连绵起伏，淡淡的雾气像一层薄纱笼罩着远处的洼地，朵朵白云轻轻地飘浮在天空中，旷原上牛羊安稳地吃着草，牧人们高高兴兴地把储草堆成小山包，一派丰收景象使人心旷神怡。我们一家人在屋里围着母亲坐下来，聚精会神地倾听她老人家给我们讲家乡的新鲜事：

你爸的身体还那么硬朗，还是整天干这忙那，总要找个活儿来干；你那伙哥们儿顺应改革浪潮，纷纷做起生意，一个个腰包都鼓起来了；现在牧人的日子比以前好多了……

此外，母亲还对我们讲起家乡一些牧户近几年来的新变化。母亲享受着和儿子在一起的幸福，喜不自胜，感慨万千；就在那几天，她前额上的皱纹也舒展了，那双眼睑下垂的眼睛里闪耀着温馨而欣慰的目光。

刚满三岁的小孙女在奶奶的怀里撒娇，像懂得很多大道理的人似的吱吱说个没完。母亲爱怜孙女儿的声音充满慈爱。我们一家人喜笑颜开，倾心畅谈，我们的每句话都变作金秋的歌韵，飘向远方，飘向蓝天，飘向太阳。

我和妻子为工作忙起来的时候，母亲在家里料理家务，照料孙女。她洗菜做饭，又抽出时间把我俩的冬装改改补补，片刻也闲不下来。母亲啊，您何必这般辛苦呢，难道您就不能在孩儿家里好好地休息一个月吗？！

和母亲在一起的时候，生活中的所有烦恼都烟消云散，无论做什么事情都精力充沛，神气十足。在天边泛蓝的乌珠穆沁群山，清澈见底的河水，不知尽头在何处的金色草浪……我眺望着这迷人的自然景色，眉舒目展，欣喜若狂。我深深地感觉到，母亲的秋天和以往的秋季截然不同。可惜的是和母亲在一起的绚丽灿烂的秋季过得却异常地快。后来我常想，这个秋天是所有美好日子的精华，所以才那么短暂！

那一秋季里最早急着返回的大雁——我白发苍苍的母亲，在她度过秋天的“小湖”里所留下的爱，犹如汪洋，深不可测。啊，我的母亲，您果真是一只洁白的鸿雁啊！

候鸟排成人字阵飞向温暖的南方。母亲喃喃低语，嘀咕着要回美丽的察哈尔草原，弓着腰在屋里来回踱步。母亲要带着百鸟，带着她带来的和煦秋天，返回家乡了。

透过班车的窗口，我望着母亲依依不舍、热泪盈眶的眼睛和患有关节病的、骨瘦如柴的手，一种撕心裂肺的感觉涌上心头。过去，因去上学与母亲告别时，她总是恋恋不舍地与我辞别；现在回想起来，她每次都望着我渐渐远去的背影，默默流泪的啊！我真是个没有福气的孩子！我多么希望和母亲一起生活，希望和她一起度过每一天；可您在儿子家只享受了两个月和儿子在一起的幸福时光，临走时是那般的难舍难分，用起茧子的手掌悄悄地抹着满脸的泪水。

再见吧，母亲！祝您一路平安！我尽力控制着强烈的感情，依依不舍地挥着手，留在车站。我像乌珠穆沁淖尔里的一只孤苦伶仃的小雁，嘎嘎叫着留在了“小湖”里。

母亲的秋天，以相见的喜悦和分别的忧伤令我时而欢唱、时而悲伤的难以忘怀的金色秋季啊！

1994年6月

梭梭林里的骆驼们

阿 · 巴特尔 著
莫 · 呼和乎 译

阿・巴特尔

本名魏・巴特尔，蒙古族，1945年出生于阿拉善左旗，蒙古族著名学者、作家、翻译家、书法家。出版多部著作。先后获得学习使用蒙古语文先进个人奖、首届内蒙古自治区民间文化“阿拉丁”杰出贡献奖、内蒙古自治区文学创作“索龙嘎”奖。2008年因病辞世。

莫・呼和乎

本名梁青龙，蒙古族，出生于哲里木盟奈曼旗治安镇东湖四台嘎查。蒙汉双语作家。内蒙古自治区作家协会、内蒙古文学翻译家协会会员。荣获过自治区五个一工程奖、全区学习使用蒙古语文先进个人奖。在国内蒙汉文各大报刊发表数千篇诗歌、散文、文学评论、小小说、译文等。

走上横跨罕乌拉苏木前面的红敖包坡上，放眼望去，南面远处青悠悠浪涛般的大片幽林就叫黑扎干[①]。那是无主无边的扎干林海，由此得名为黑扎干。若骑骆驼的人进到那里，你就是站在这个坡上往下看也看不到那骑着骆驼的人影走在哪里。里边好多地方是骑马的人都不能穿越的稠密丛林。从密林中往上看去，天空都成了筛子漏空似的蓝洞洞。再大的风沙和暴风雪从丛林上面要威风喊叫着过去，下面仍然纹丝不动，让你奈何不了。这是一片原始扎干丛林。夏秋时节里面闷热不通风，由此骆驼群就不进丛林深处，边边缘缘处游逛一阵子便往广阔的戈壁滩散去。但是一到冬天天气变寒冷后，四面八方的骆驼都到这里集会，像蛰伏了似的销声匿迹。一直到春夏之交，若你走进丛林深处，就像走进秋天的天堂，满满的骆驼群暖烘烘地挤在里面。

就在这密闭的黑扎干林海里，三百多年来诞生过数不胜数的驼羔，并无忧无灾地长大。就托了这个黑扎干和方圆近千里的牧人呵护的福，那些成千上万的幼小生命没有遭到风雪的践踏，也没被狐狼袭扰而蒙受损失，得以自在生长。就这样挤满黑扎干海

---

① 黑扎干：梭梭树。

的骆驼群在像天堂的骆驼仓里，无忧无虑地繁衍开来。

一九六三年秋天，由于成分不好而辍学的我回到扎干的故乡——我的家，成为一名放骆驼的牧民。由此升任骆驼“长”后，长达整整十年掌舵过骆驼这群“沙漠活舟”。和骆驼群一起赶着春夏的悠长日头，我的日子几乎都在骆驼草场或水井口度过的。秋天就去沙漠里割沙竹草，到冬天就跟上驼队长途拉脚，春节前一两天才能回到家里。

一九六四年冬天，我们商定去巴尤特运粮油。一下子聚集起上千峰骆驼，从中挑选集结了二十队连的庞大驼队。驾驭着如此庞大的“沙漠活舟”起航时，好像感觉到黑扎干的大戈壁撑不住下沉了片刻似的。听说从前拿破仑时代法国军队侵占西班牙的时候，其中一方军队通过铁索桥的时候炫耀威风，齐喊口号，正步踏过，结果铁索断裂，桥上的官兵全部落水，淹死了一半以上。我们那次的队列，也庞大得足以使胆小的人畏惧不堪。可奇怪的是，不知道咋有那么多驮架子、毛口袋、缆绳、牵绳（骆驼缰绳）以及相应器具等，这些从哪儿凑齐的不得而知。年份好，骆驼肥壮，驼队壮丁也都是挑选好的强壮的青壮年。每队连由二十峰骆驼组成，其中骑乘骆驼一峰；二十队连驼队共计四百峰骆驼，那个威风可称得上创造了吉尼斯纪录。镶木头芯子的笨拙而厚重的二十柄大驼铃轰鸣着宣布起航，将要出发时，在驼桩上拴住留下的几百号储力丰厚的强壮骆驼们，都要拉断拴桩和缰绳般跟上驼队奔涌转圈。像悲离母驼的驼羔鸣叫一样，几百号骆驼的悲鸣声惊天动地，使人撕心裂肺。原来走过驼队的骆驼望见出发的驼队就激动地如此疯狂和悲鸣。我们不得不强忍悲伤，离开这大自然生灵们的真情场面，扬长而去。

我的队连里有一峰高大的类似雄性的不育母驼。那是这次驼队二十队连里唯一的母驼，可是力气与强壮程度不亚于其他骆驼，而且脾气暴得动不动就尥蹶子，差点把驮着的两大毛口袋面粉给报销了。大家生气地催着它跪爬后，在固定好的架驮子上把两个毛口袋面粉连起来绑定，两边四个毛口袋面粉一起架起来，另外还在上面横着放两个毛口袋面粉，结结实实地捆绑好后，刚放开鼻子它就嘎吱嘎吱磨着牙齿，嘴吐白沫，四面扬起沙土，噌一下就腾云驾雾似的站立起来了。那六个毛口袋面粉，一个按一百 二十斤计算，最起码有七八百斤。就算不育也罢，总归还是母驼。从那时起我们就全心地佩服了黑扎干骆驼那铁骨钢筋的体能与魄力。

就那样我们从巴尤特运脚三回后，从这些驼队里筛选出十四队连驼队，冬季中月初，为去长途运脚块盐，到达了吉兰太盐湖。有一天我们在盐湖里装好盐，正好架驮子时候，拴在满毛口袋盐上的叫凹红的大红骟驼，不知道惊跳于什么，就那一跳把满一毛口袋盐猛地像空壳子似的扔进了盐池子坑里，扑通一声沉入盐水里不见了。那个盐坑是刚刚挖的新坑，所以水还很深，尤其是寒冬腊月冰水里也没人敢进，大家措手不及干着急的时候，我们的一个同胞到另一边，把手里拿的山羊皮袄突然朝着凹红骆驼飘撩了一家伙，凹红驼又惊跳地躲闪了一下，唰啦啦的水声大作，那一毛口袋盐半升空地飞起，重重地墩落在了盐坑旁边。看到这一幕暴烈的威力，别说那些没见过骆驼的外地搬盐工惊吓不浅，从小在骆驼旁边长大的我都惊讶地发愣了好大一会儿。后来想起来也算不上什么稀奇的事情。想起鼻子硬的骆驼有时候边走边吃草，把骑在背上的主人拉得摔下来也是常有的事情，就不奇怪把那一口袋盐轮空摔落的稀奇了。对黑扎干的骆驼来说，红柳芯子镶牛角垫盖做成的最结实鼻勒[①]也就耐得那么一段时间，其

① 鼻勒：穿驼鼻的小木栓。

他平常的鼻勒就耐不了几天，不几天便必须要换。

一九六七到一九六九三年间，我们每年冬天都进腾格里沙漠里的查干布拉格盐湖运脚，运脚到中卫县的一个叫莫建楼的地方卸盐。驼队的驼铃声十里之外就轰鸣作响，千百个队连驼队在中卫背面戈壁滩上云集得像无边无际的洪水铺天盖地而来，极为壮观。有一次我们十个队连的骆驼队顶到那小镇的边缘等待其他卸盐的驼队时，那附近村庄的几十个孩童稀奇地聚集在那里，凑热闹似的吵吵闹闹，有的拿泥块儿砖块儿往骆驼掷的扔的在捣蛋，胆子稍大一些的几个还拿着木棍接近骆驼，打打闹闹地骚扰不停。一个十五六岁的小个子黑小子，拿着木棍到我这边排头骆驼右边大腿近处时，骆驼不大使劲地往后踹了一掌，那小子便飞出了五六庹远撞到人家房墙蜷缩落地后便没动静了。原来腿部股骨粉碎性骨折的他已休克了。从那以后，那里的孩子们知道了黑扎干骆驼的暴烈威猛，不敢再接近了，见影就逃得远远的……

就像古人所云，日夜交替犹如投掷火球，冬夏轮回犹如编织镣链。从那以后不知不觉一晃间二十多年过去了。

去年冬天我逢工作的机会到过黑扎干，见到一位素不相识的陌生人。他唉声叹气地对我说："我每年都来这里，这里的扎干缩小得劣汰多了，骆驼更减少得厉害。看来没法子呀，社会发展得日新月异，机动车多了，骆驼就好像复员了，皮毛肉都不值钱。前年我做过骆驼肉生意没赚到多少钱。想不到驼掌现在很值钱，所以今年我改做驼掌生意。唉！做的人也太多了，不好好努力也赚不了多少钱。跑了整整两个月才收购了四千多条蹄子。一个蹄子按十元的价格儿收购的，已是投入四万元了。不过可以按六十元的价格出售，四千乘以六十，二十四万元。减去成本价四万，能留下整二十万元。今年的买卖也就如此了。"说着脸上表露了骄傲的表情。

那位陌生人看起来是个很实在而爱说话的人物。他还说：“唉！您不要难过，你不是说这黑扎干的骆驼已有了三百多年的历史吗？这也算很漫长的历史过程呀。你们从现在起好好雕塑一些骆驼，那才叫作永远不会灭绝的了。那样就算这些骆驼灭绝了，你们的后代也能看到雕塑可以记起骆驼的模样……”想必这也是个实在话。恐龙是很早很早时代的特大动物，后来也彻底灭绝了。但是现代的人还能看到它的骨架化石，也能承认很早的时代好像有过这样的动物。所以我们真的要雕塑庞然大物骆驼的真实雕像留给后人，骆驼要像现在这样慢慢消失的话，就算真的像恐龙一样灭绝了，后人也能看到雕像，可以知道曾经的曾经有过这样的动物……

是历史的必然还是现实的残酷，我久久未能平静……

1996 年 4 月

大寻之讯

嘎·宝音德力格尔　著
席·照日格图　译

嘎·宝音德力格尔

蒙古族，1958年出生于锡林郭勒正镶白旗。1984年开始文学创作，发表散文、歌词、新闻稿计八十余篇，获得国家和自治区级新闻奖五十九项。专题报道《亚运盛会在草原人民心中》获首届中国新闻奖，报告文学《体坛健将宝玉》获内蒙古自治区文学创作“索龙嘎”奖。2011年3月10因病去世。

席·照日格图

蒙古族，1973年生。内蒙古通辽市作家协会会员，现为自由职业者。与他人合作出版蒙译汉文集《诺恩吉雅》。蒙译汉译作《迁坟》《认石》《登罕山》《小草》发表于《草原》文学月刊。用汉语创作的诗歌、散文获多种征文优秀奖。

寻之有归，亦有迷途时。寻之依讯，更需有慧识。

我的身世有寻者血统。自从掌控天门、地脐之日起，就为着无讯之寻耗损几多镫带[①]，兴起不平静的生活，携副骑奔寻去——所谓奔赴国兵也，诞生历史也，其后政塌也。

如此寻觅中众人奔赴去，诸多寻觅中有万众奔赴去。在此自由之寻、文明之寻中，诸父之子弟，怀各自志向，前赴后继奔去也。似骄阳烈火，似冬日寒冰，写下各自之名号，留存逆顺之印迹。今且有众人奔赴寻觅，在认知的天平上各自奔寻——于市井之寻、吏禄之寻、金银之寻、经济之寻中众影绰绰乎。

探寻的针孔间穿引历史的金线，纳绱世世之帮底[②]的故土乡亲啊！倘为故乡之未来，应赴探寻之征程；倘有立业之志向，应归一生之热土。如那钻天棕雕之掠影展落朗乡胸襟之上般，如那万里之外回奔之骏马寻归故土之天道般——奔寻之人理应归来，理应共掌父遗之灿地。

背负着金秋灿阳，离离之年我奔赴故乡。泪眼呆望雁阵离去之丰湖水般的蒙古故乡啊！我向您倾诉心声，一路走寻。谁是最富有者？我哽咽追问。绝非有钱人，乃有乡土者——有一个声音

① 镫带：吊挂马镫的皮带。

② 帮底：鞋帮鞋底。

寥寥数语，却触我心扉。放眼望故乡，对父老乡亲我充满敬意：劳动之大成绽放于人心，我恒圣的故土乃是大寻之端地。

寻觅是需要消息的，也需探寻奔寻之缘起。这不是蛮力的汗水，而是浩远之启明星，认知之飞跃，实乃真正之寻觅。我走访了很多牧户，进而越发想走寻下去，更想驻身安居于此了。那是因为，贫穷落后和乡间之地并非孪生子。穷在于人智，而富在于物产资源。而今之日，乡间再不见有手捧金饭碗的“化斋”人了。人人创新，以勤劳的双手把寸土粒沙都制成产品、增其价值，把山野菜和矿产投放市场变为商品，牧民们启动创业谋远的细密心思了，也重新认识这一方水土，这自己唯一之驻地了。此即大寻之坚讯，如启明星在闪烁。就像白发苍苍的祖母那布满皱纹的脸笑逐颜开，我心中的万千纠结也随之释然。此时此刻，为购得那五十平方之底层小宅而诸般竞争的情景又跃然我眼前。这一方水土和乡亲啊！唯有你们示与我恒久。向着不可愧对的恋恋乡土，交出只此一生的生命吧！

我也是为文化之寻来到青城[①]。一九七八年的情形跃然眼前：曾与多人一道至此，在牧民子弟变身大学生的贪婪艳羡中，我等几近将羔皮帽换为纸帽而去了。更有甚者，升学之目的竟沦为逃避乡间劳苦之捷径了。然而对牧民子弟考取学府之艳羡背后，有谁深悟牧区文化之贫瘠？腹有学识却无施展之地，此人性虚妄之更迭往复，实乃失真之奔寻也。所获功名即脱身乡间劳苦，于市井之中谋得吏禄一份。而其亏空，乃是将乡土恩泽回报以堂皇之骗局。士之定义已有重思之必要，何为觉醒更亟须扪心自问。众人之寻实乃从文化之寻起始，于文化之打草场上刀锋一样闪烁。然却要将因何奔寻、有何所获、用于何处、为何奋斗诸

① 青城：呼和浩特。

般谨记于心，时刻警醒也。

然而对所有奔寻，我们终是从认知起始。

家乡已有大变化，乡亲们的理念有了大飞跃：知道该把羔羊待哺般受人脸色的过往丢入历史之坟墓了；认识到自己“故乡啊”那般轻飘的虚爱守护之错误，开始一番建设经营了；将其视为护身符而以劳动和智慧救为己有，守护照料了。其实现在人手比资金还缺，人手之中人才更缺。人类应是劳动之子，历史之主人。从而历史在当今强悍劳动之震撼下被重新书写，工巧匠人之竞争乃成其魂魄也。

乡村发展急缺人才，经济之人才尤被企盼。把这资源的摇篮，星球宝地之故乡热土——手捧胸前即是满目金灿，洒落大地即是满襟热泪。“这可是宝贝呀？”这样问起时，是人都会随口对答罢。“要有技术早就开发了！”那样回说着，任何一位牧民都会心有遗憾罢。其实牧民们是晓其价值的，对宝贵资源是深深爱护的。手中资金为其准备着，更看重为资金接羔下犊；其实牧民们是有远见的，对科学知识是深深崇敬的。时常这样教导家中子女，更珍重为知识接羔下犊。多年来就是这样教育着儿女们，但而今再回乡间时，却多是身披羊皮袄的老乡亲了。奔赴文化之寻的牧民子弟们，皆不见身影且杳无音讯。企盼文化助力的牧野乡村无有朝阳，也不见甘霖。无奈邀来生疏异乡人试营某企业。再不然则允其开发，得以茶乳之利；进而是自学工巧与管理，仿照他人经营一番。然经济之学乃高等之学识，所识甚少者无奈蚀本而退，所创之业也尽显疲态也。“打蛇不助棒”的蒙古知识分子都哪儿去了？辜负了牧民们的期望，空留名头何以弥补？

身负生产之重任，心系繁荣之探寻，二者几近顾此失彼——请理解那力所不及、焦虑而行的牧民心声吧！逃避乡村之艰辛，推诿重任之担当，彻忘大寻之真谛，请勿自顾素餐图虚名吧！然而将事实核心讲来时，知识分子们不予寻觅，只耳闻其讯罢了，因为士者之伍这一大团体力量决不可脱离乡村之需也。然真正大寻之成功，可担基层广大生产力之右膀，创大寻之一统，建未来之大业也。

乡村之地劳力缺，城市之中人漫滤也。然此间矛盾如何解决，实乃应从观念认知间探寻。与其欢宴醉歌一曲“乡土如金，乡泉如琼”，不如赶赴乡间参与新牧区的建设罢；与其安闲城中弄笔“花儿般姑娘”之类的虚情软文，不如从牧民新识中学以致用些罢。与其参与职称考评，为五十四分及格之成绩宴请押题人（实则盗题人）而举杯畅饮，不如多问究些经济学之功用——乃非走卒贩夫，而是奔寻大经济竞争中去吧！

与其虚位高就，不如去到嘎查做一顾问；与其写情诗万首，去牧区建一座幼儿园更具诗意也。勿从乡土逃离去，勿在市井聚扎堆。经济之发展即将乡村城市化，资源之革命即将城乡一线牵。那一天会很快到来！此处不慎将落伍他人也！

乡村之地，大业起始也。大业将兴也：志向、观念已然合二为一，身心协同开始干起了，向着市场宣战了，奋身投入商战了。知晓缘何资源生战了，感悟为何要掌控能源了。打草场之争斗已是可耻了，贱卖羊毛已经是教训了。不以“我们这里有矿了”那样“炫富”了，不以“我们要开金矿了”那样说大话了。乡村之地，大业将起。众人心间蓝图已耸起，乡村之地大业必兴也！

乡村奔寻去，人人奋起而奔寻去。抵御着风沙肆虐，我碧绿的草原丰饶着奔寻去。山羊羔无有染吻之绿汁而干渴的小草们一路期盼着奔寻去。干涸的溪流，默举着矿场狼藉的诉状奔寻去；梦醒的资源，手握时代的谈判书奔寻去。贱卖的绒毛也奔寻去。所有一切都奔寻去。

寻觅之由缘起何故？寻之远端又留存何物？寻之有归，终将一统。这主人、这乡土，必将给予真正的答案。且将此大寻一统于心者，终将是匡扶时代之主人。

1996 年 1 月

三百年的迟悟

额鲁特·日·额尔登木图 著
席·照日格图 译

额鲁特·日·额尔登木图

本名额尔登木图，蒙古族。1961年出生于锡盟苏尼特右旗。中国作家协会会员，内蒙古作家协会全委会委员，中国教育学会会员，二连浩特市作家协会主席。出版有散文集《长青天》、杂文集《心路》。作品获内蒙古自治区文学创作“索龙嘎”奖、乌兰夫蒙古语言文字奖。

席·照日格图

蒙古族，1973年生。内蒙古通辽市作家协会会员，现为自由职业者。与他人合作出版蒙译汉文集《诺恩吉雅》。蒙译汉译作《迁坟》《认石》《登罕山》《小草》发表于《草原》文学月刊。用汉语创作的诗歌、散文获多种征文优秀奖。

新世纪的首春，人们谈论最多的话题就是大风，大沙风，内蒙古的大沙尘暴！

开春以来，形成于内蒙古境内的沙尘暴或大沙风就已经十次卷土南下。别说是内蒙古地区，就连北京、天津、大连等地也被一路“呛土”，直至袭渡长江，把南京、上海等水乡泽地也是冲击了一番。甚至大海彼岸的日本也忍不住惊呼：“哎呀！内蒙古的沙尘暴来了。”

一时间“内蒙沙尘暴”这一名词令人谈之色变、心生畏悸。新闻界也是发出征集令一般争相刊登有关沙尘暴的报道。从中央到地方的各大小新闻报刊都刊发了很多有关沙尘暴的新闻和文章。各电视台也是抓紧采访，中央电视台的好几路记者被派往“前线”，在当地的沙尘暴中进行现场报道。沙尘暴最大起源地的额济纳旗成为了记者们的聚焦地。

五月中旬，国务院总理朱镕基专程来到离北京不远且沙化严重的河北、内蒙古的几个地区视察工作，提出治理沙化、恢复生态的重要指示，并宣布中央政府将投入专项治理资金。

为了贯彻总理的指示，内蒙古自治区主席云布龙于六月十二日在锡盟视察治沙工作的途中不幸因车祸殉职。

在这迎来新千年的初始之年，中央提出西部大开发的伟大战略，并宣布了今后的首要任务是重抓生态建设的治理工作。这对受够了“十年九旱，年年沙暴打”之苦的内蒙古人民来说是新千年的最大喜讯。

不可否认的是，每一次的沙尘暴都与内蒙古脱不了干系。巴丹吉林、乌兰布和、毛乌素、库布其、浑善达克这些著名的、耳熟能详的沙漠、沙地；乌兰察布、锡林郭勒西部的干旱草原和耕地等，都成为了风力稍强便沙尘漫天的沙尘暴起源地。

由此人们就认为——尤其初见沙尘暴之厉害的北京、天津等地的人们认为，内地遭受沙尘暴侵袭的起因在于内蒙古，进而引发了“内蒙人过度放牧、栽树少不保护环境，照这样下去首都难保、天津难保”之类的各种言论，大有让内蒙人抬不起头来的意味了。

然而环境恶化绝非一日之弊。除了气候干旱之外，最主要还是由于人类对自然环境的长期肆意破坏所导致。沙尘暴即是大自然施加给人类的责罚。

众所周知，古代的内蒙古地区是《敕勒歌》的描述地。然而要翻开这片曾经碧草蓝天、林木茂盛、畜兽同野、湖泊遍布、江河涌流的辽阔蒙古之地的沙化史，就要从约三百年前开始的“走西口”之史迹中予以探究了。

清朝初期，大约从十六世纪九十年代开始，从内地逃难来的流民——主要是山东、河北、山西、陕西等地反抗满清统治失败的难民，为避难越过“杀虎口”边关，向内蒙西南的土默特草原陆续流入。当时的土默特草原，即左右土默特两旗、黄河沿岸地区——现在的新河——清水河附近地区，是水草丰美的富饶牧区。这些逃难的流民到来后，主要以种植蔬菜、受雇蒙古牧主搭建房屋等营生维持生计，而且大部分都是有“春来秋回”的习惯。

蒙古人并未排挤这些异乡流民而雇用他们给予酬劳，并让出一些土地给他们耕种，使其定居安身了下来。这即是内蒙古地区开垦草原的起始。然而这也铸成了历史性的错误，至今使人们深受其害，使其成为了日后沙尘暴肆虐的最初始诱因。

十八世纪中期，为防范和阻止准格尔蒙古人民的反抗斗争，清朝北部边境开始有了大量驻军。由此，从内地运送这些驻军的军粮成为了很困难的事情。因此开始在土地肥沃的土默特、鄂尔多斯、乌拉特平原（草原）等地开荒种田，并且由内地逃难来的农民担负此任，于是这些农民定居生活在这些地区了。这也是首例由国家层面主导开垦草原的行为。

到了十九世纪，在长城以北的蒙古沿境地区，已聚居了很多内地移民，村落骤增，耕地连绵，牧畜却稀少了起来。起初还曾廉价雇用这些流民的蒙古人，此时却不得已离乡背井，向漠北方向迁徙起来。至此，哲里木盟、卓索图盟的南部，多伦淖尔、右太仆寺旗、察哈尔八旗的西部，呼和浩特土默特平原、巴彦淖尔（丰洲滩）、大召的南部等广阔地区都有了“新民地”之称。那些被称为“新民”的移民们，以此地之主的身份代替蒙古人定居在这些地区了。

种田就得犁地（破坏原有植被平衡），盖房就得取土、打房基、和泥、采石、伐木，建村就得成片占用草地或草场。灌溉农田又需要大量的水，进而截断河流修建水库、水塘。如此这番折腾下来后，便是山荒林稀、沟渠干涸、江河断流、草地贫瘠，漠南蒙古地区由此踏上了沙化之不归路。

上述这些开垦草原的地区，起初还因着风调雨顺而获得农业丰收。但这毕竟是蒙古高原之地——离海岸线远、降雨量少的气候特点，用越来越多的事实证明了此地不适于发展农业的现实。

进而缺少灌溉条件而靠天吃饭，每遇旱年便是难有温饱了。然而这些农作物里莜麦的产量还是比较好的，所以后期移民的饥民们就是喊说着“向西走，去内蒙，吃莜面”逃荒到内蒙古的，那首“走西口到内蒙，到了内蒙吃莜面”的民歌也是盛极一时，不知号召来了多少内地饥民。

二十世纪的内蒙古，是背负着部分地区人口密度大、贫穷落后、耕地沙化贫瘠的农业、半农业重负迈入世纪之门的。况且整个二十世纪，这种状况都是逐年加重的。

一九一一年辛亥革命爆发清政权灭亡后，诞生了新兴的资本主义中华民国政府。但是保护内蒙古地区生态环境的国家意识，不仅不存在于这一新成立的国家政权中，反而是割据北方的军阀们为满足自己的一己私利，肆无忌惮地比拼着开垦起内蒙古地区的大片草原来，从而引起了蒙古人民的极大愤慨，保卫故土的斗争之火此起彼伏，发生了陶格陶胡、嘎达梅林的反抗起义以及锡尼喇嘛领导的“独贵龙”运动等。

然而这些民族运动接连被主体民族主义者们残酷镇压，进而在蒙古之地建立了热河、察哈尔、绥远三省，以此分割内蒙古，摧毁蒙古传统经济——游牧业经济，大范围破坏草原和草场，并引入了大量的农耕移民予以“固边”。而这些流民也从最初的光脚乞讨而来，渐渐发展为了骑马赶车而来；继而是坐着汽车、火车大批赶来；甚至是煞有派头地乘坐飞机“莅临”而来。因此到了后来，内蒙古的外来移民已达到近四百七十万，远远超出原住民的人口数了。

一九四九年新中国成立。然而遗憾的是，新成立的人民政府也是没能将内蒙古地区的生态保护重视起来，而且在“向北大荒进军，开发北大荒”“知识青年上山下乡”“不吃嗟来之食”“学大寨种梯田，为内蒙古的丰收‘过黄河，过长江’而奋斗”等宣传口号的指引下，内蒙古的生态环境再一次遭到了严重的破坏。只在五十年代到七十年代后期的三次大“开发”中，就有一亿多亩草场被损毁殆尽了。

随着党的十一届三中全会后各项工作的步入正轨，中央政府虽然重视起了内蒙古的生态保护问题，但在实际工作中也出现了这样那样的诸多失误。

比如，随着农区分田到户政策的落实，村村户户的种田积极性空前高涨，一些本不适宜种植的地块也都被开垦出来种上农作物，却又因缺少劳力秋收时无暇收割，春耕后来不及下种而撂荒的现象多了起来。并且众所周知的是，即便是适合种植的耕地也是连年减产而得不偿失了。先前的集体用地，如河滩、山坡、路边等地段也是被一些“先下手为强”的人领先开垦，甚至是先前栽种的林地也被砍伐一空开垦成耕地了。

而在牧区，由于牲畜、草场也都分包到户而牲畜头数猛增。尤其是一些移民来的牧户，成了盲目追求牲畜存栏量的“先进”。由于过度重视和依赖围栏草场，虽有了冬贮饲草的保障，但围栏外的草场却开始退化了。由于过度注重定居牧业，忽视了草场的休养生息，草场一年四季都被畜群践踏，导致围绕牧户（村）的大片草场都荒疏、退化或沙化了。

一部分人为发家致富，在草原上到处挖草药根（比如甘草），袭发菜，砍伐林木，破坏水土植被，从而使生态失去了平衡。

在牧区还兴起了一股青贮玉米之风，没有相关经验的牧民们随意种植青贮玉米，罔顾破坏自己的家园。有的苏木、嘎查领导只顾眼前利益而将集体草场出租、出售，新一轮的垦荒现象也是随处可见了。

内蒙古是少雨干旱地区，为了灌溉农田在为数不多的河流上修建水库，加剧了河流、湖泡的断流干涸。额济纳河（黑河）、商都河（滦河）等上游位于其他省份的河流，是内蒙古境内一些重要湖泊的水源补给河。然而在人类即将迈入新千年的一九九二年，阿拉善盟额济纳旗境内著名的居延海却彻底干涸了。

在随意开垦荒地和草原、截断河流、砍伐林木、挖草药、袭发菜、过度存栏牲畜等破坏生态平衡的活动面前，国家的相关法律制度是那样的苍白无力。一直以来，各级领导对此的认知水平不高，相关部门的管理也是松懈拖沓。“生态环境保护”仅成了被各级报刊、文件资料提及的专用名词，采取切实有效措施的事例几乎难以找到。

与此相反，人口的过度增长也加速着对生态环境的破坏。而内蒙古地区的环境承载力是非常脆弱的。现在的内蒙古地区人口已远超两千万，其中大部分人口都生活在农村或牧区。而且这些人口中贫困人口和低文化水平人口占据多数，从而一些地区的贫困人口陷入了越穷越生、越生越穷的恶性循环中，违反国家的生育政策不说，对自然环境承载力也造成了巨大的压力。甚至阴山南麓的兴和县、和林格尔县、凉城县，察哈尔右后、中、前三旗等地的贫困农民们因生活困难娶不起媳妇，成为我国拐卖妇女案件多发地之一了。

近三个世纪以来，无论怎样政权更迭，人们都认为内蒙古之地乃是“地广人稀，物产丰饶”，而对其境内的人口增长、农田开垦、矿产开采等问题都未认真地关切过。

然而自然的法则是残酷无情的，三百年来一直被人类肆意践踏的蒙古草原，在新千年之初终于勃然大怒了！

大范围的沙尘暴，从二十世纪六十年代的每二十五年刮起八次，发展为七十年代的十三次，继而是八十年代的十四次，九十年代的二十三次，如此这般愈演愈烈了。沙化和退化的土地也不只限于内蒙古境内，而是侵入河北、山西、陕西、甘肃四省边界，大有向北京、天津侵袭的态势了。现在，一条自北向南的沙龙正以每年三点五公里的延伸速度趋向北京地区，据说最近距离已仅有十八公里，已直接威胁到北京水源供给地之一的官厅水库了。

狂袭十次之沙尘暴，震响十次之世纪警钟！

然而每次之沙尘暴、洪灾、旱灾、山塌、草原火灾……都促使我们警醒了吗？

在迎来新千年的首春之年，国家在实施西部大开发战略之机，做出了治理生态环境的重大决议——对包括内蒙古在内的华北、东北、西北地区的生态环境要加紧治理改善，以加快形成青山绿水、碧草蓝天的良好生态环境。

这是迟悟三百年的觉醒！而且是不能称其为时已晚的新千年之觉醒。因为，人类还将在这星球上生存发展很多很多个——三百年。

随着国家决策的贯彻实施，人们都无比企盼追寻着那曾经丰饶辽阔的《敕勒歌》之描述地……

与此同时，人们也祈祷功在当代利在千秋的西部大开发，不要成为又一次的“西部”大迁徙……

2001 年

解乏的奶茶

那仁毕力格 著
包文学 译

那仁毕力格

蒙古族，1954 年生于赤峰市巴林右旗。用母语创作散文、随笔、儿童文学等。担任大型汉蒙双解电子词典《固什词典》常务副总编，编写《蒙古语会话本》一书。2002 年翻译阿来小说《尘埃落定》，获自治区首届文学翻译一等奖。

包文学

蒙古族，1962 年生。内蒙古日报社蒙编网络部副主任，中国蒙古语新闻网副总编辑。蒙、汉文采写的新闻作品多次获得全国和自治区新闻奖项，2011 年汉语撰写的作品《我的幸福新闻之家》荣获内蒙古自治区新闻战线征文比赛一等奖，蒙译汉兼执行主编的《祖国各地蒙古族》一书荣获内蒙古自治区五个一工程奖。与人合作汉译蒙《地道战》等三十余部共二百多集电视剧和电影。

炫耀自己的吃喝不一定是什么好事。然而，我却丢不掉喝奶茶的习惯。无论走到哪里，无论再怎么繁忙，谈及喝奶茶的事来，总不乏深有同感的朋友。其实，人喝砖茶有瘾。砖茶，煮好也罢，块儿状也罢，闻着就馋。费劲，不是因为砖茶涨价负担重了，而是用买来的砖茶熬奶茶时，捣砖茶那才叫费劲。在乡下的时候，铺一块油鞣革捣茶还舒适方便，在城里，备一块油鞣革和斧头也不是多难的事情。住平房的时候可以放在地上捣茶，可在楼房地板上就没法捣茶了。要是在楼房里砸茶会遭邻里的谩骂，因此，我一般到楼外去捣茶。这时，闲逛的和不怎么喝奶茶的人们围过来看热闹。他们会好奇地问我，做什么呢？奶茶怎么煮着喝呀？他们非常好奇我摊开油鞣革来捣茶，就问，这样的真皮一定很贵吧？羡慕我奢侈。

不管怎么样，拿出一块儿砖茶捣过来就算办了一件大事。冬天选在没风的暖日，夏天选在凉爽的天或找到一处阴凉地，非常惬意地捣砖茶。每当闻到青砖茶散发的香气时，儿时的乡愁油然而生。但是，捣着砖茶，不由得心生郁闷和忧愁，只见捣碎的茶里出现纸屑、胶皮屑、布条、铁丝、砖头、绳头、非茶草木竹子…不知名的一堆矿物质。从湖北省蒲圻县赵李桥茶厂工人们的足迹、用下脚料做成的茶品，悟到是劳动创造食品的道理。针对兑奶子喝茶的蒙古族而制作砖茶的这家历史悠久茶厂的产品，从某种意义上来说就是蒙古茶了。对于经过那么多道工序和那么多工人的劳作而制成，又运输了几千公里的砖茶来说，我们付出很小的劳动，捣碎就能喝真不是多难的事情。在那么多品种的茶里，唯独我们喝的茶极不方便信手拈来就沏就喝，奇怪它咋就坚如磐石一般硬呢。在市场调控一切的当下，产品也随需求而变。如果说砖茶是专为我们制作的带有特殊香气的茶品，那么煮着喝更为方便的纸包装和盒装的，或者铁盒装的，不同大小块装的产品问世，离我们不就只差一步了吗？应该说已到了有商贩联系、订购、销售如此产品的时候了。奶茶之乡的茶品但凡以这种构思制成，我们要在家乡种茶和加工，那就成了另外一种建议罢了。

在我们的生活当中，常常被提到有用的和需要的东西，有的似乎是梦想遥不可及，可不觉中竟然还实现了。这就是社会总往美好的方向去发展的佐证。在电视采访中，蒙语对话不用汉语翻译，做汉语注解直播的事情多见。这是蒙汉观众均可接受的正确方式，也是科技、文化相融发展，不同的文化可同步发展的好例子。然而，凡事不能用恩惠去解释。学者们愿意回忆德莫克拉西（民主）和赛因斯（科学）二位“先生”双双进入中国的历史就在于此吧。锡林郭勒牧民自费去畜牧业发达国家澳大利亚学习先进经验。在报道中并没有简单地称他们为牧民，而是称他们为家庭牧场主。似乎蒙语可称他们为私营畜牧业家。说起牧民，让人断定为最乡下落后的人们毅力却如此之大大踏步向前，那我们有什么必要为未来烦恼、发愁的呢？砖茶、电视访谈、畜牧家虽为互不相干的三个现象，然而，这与把心中的所思所想和社会发展相协调起来有可能成功的方法是一样的。人生向往真善美，为此苦苦求索、拼搏，实现它的真正意义、幸福感等，虽然似空谈老旧话题，但是在生活当中受益享用时，仍会深感新鲜和愉悦。“靠智慧生活的世间”是句多么有意义的话呀！落后于世界之林，那只怨自己未能把握机遇。与其用埋怨、怀疑、空虚的数落来折磨身心，还不如改变思维方式、直面遇到的困难，结果会不一样。前几年出版的一本好书中写道：“人们虽然企盼奔忙于改革创新，但是在改革创新的道路上，难免自己也有横道而立成为障碍的时候。”这话说得再贴切不过了。把人这种高级动物的生活变得像奶茶一样飘香的钥匙，自然握在自己的手里，但愿相信此话的人越来越多。

谁是最幸福的人？就是那些敢想敢做的成功的勇士们。

1996 年

图书在版编目（CIP）数据

牧马雄鹰 / 优秀蒙古文文学作品翻译出版工程组委会编.
-- 北京：作家出版社，2018.2

（优秀蒙古文文学作品翻译出版工程）

ISBN 978-7-5063-9865-7

Ⅰ. ①牧… Ⅱ. ①优… Ⅲ. ①散文集-中国-当代
Ⅳ. ①I267

中国版本图书馆 CIP 数据核字（2018）第 000340 号

牧马雄鹰

编　　者： 优秀蒙古文文学作品翻译出版工程组委会
责任编辑： 陈晓帆
装帧设计： 曹全弘
蒙文题字： 艺如乐图
出版发行： 作家出版社
社　　址： 北京农展馆南里 10 号　　　　**邮　　编：** 100125
电话传真： 86-10-65930756（出版发行部）
86-10-65004079（总编室）
86-10-65015116（邮购部）
E-mail: zuojia@zuojia.net.cn
http: //www.haozuojia.com（作家在线）
印　　刷： 中煤（北京）印务有限公司
成品尺寸： 152×230
字　　数： 160 千
印　　张： 13.25
版　　次： 2018 年 2 月第 1 版
印　　次： 2018 年 2 月第 1 次印刷
ISBN 978-7-5063-9865-7
定　　价： 32.00 元

国家林业和草原局普通高等教育“十四五”规划教材

景观生态与规划

刘云慧　主编
刘文平　陈健　张鑫　副主编

中国林業出版社
CFPH China Forestry Publishing House

内容简介

《景观生态与规划》是国家林业和草原局普通高等教育“十四五”规划教材，根据景观生态学科发展及当前生态文明建设对生态规划需求的新形势，组织全国 11 所高校的教师编写而成。本书在详细总结和整理景观生态学有关理论和方法的基础上，结合景观生态规划应用实践组织教材结构和内容，以更好地推动景观生态学理论学习和实践应用。本书包括绪论、景观生态学基本理论、景观要素与景观结构和格局、景观格局与生态流和生态过程、干扰与景观动态等基础理论，景观调查与分类、景观格局分析、景观模型与模拟、景观特征评价等景观生态学方法，以及区域景观生态规划、城市景观生态规划、乡村景观生态规划、生物多样性保护规划、基于生态系统服务的景观规划、退化生态系统生态修复规划。

本书可作为高等院校生态学、城乡规划、风景园林、土地管理、生态修复等专业本科生、研究生的必修课教材，也可作为相关领域科研、技术、管理人员的业务参考用书。

图书在版编目(CIP)数据

景观生态与规划 / 刘云慧主编；刘文平，陈健，张鑫副主编. —北京：中国林业出版社，2023. 11

ISBN 978-7-5219-2517-3

Ⅰ. ①景… Ⅱ. ①刘… ②刘… ③陈… ④张… Ⅲ. ①景观生态环境-生态规划 Ⅳ. ①X32

中国国家版本馆 CIP 数据核字(2024)第 004327 号

策划编辑：肖基浒
责任编辑：肖基浒 田夏青
责任校对：苏 梅
封面设计：睿思视界

应用案例

出版发行 中国林业出版社(100009，北京市西城区刘海胡同 7 号，电话 83143549)
电子邮箱 cfphzbs@163. com
网 址 https：//www. cfph. net/
印 刷 北京中科印刷有限公司
版 次 2023 年 11 月第 1 版
印 次 2023 年 11 月第 1 次印刷
开 本 787mm×1092mm 1/16
印 张 21. 25
字 数 721 千字(含数字资源 190 千字)
定 价 60. 00 元